文學想多了

梁科慶 著

文學想多了
作者／梁科慶
總編輯／馬鎮梅
責任編輯／伍詠慈
美術設計／許智超
出版發行／突破出版社
香港沙田亞公角山路33號突破青年村
電話：2632 0000　傳真：2632 0388
電郵：breakthrough@breakthrough.org.hk
網址：http://www.breakthrough.org.hk
http://www.btproduct.com
承印／陽光印刷製本廠
2011年6月初版1刷

Creative Book Reviews
by Leung For-hing
First Printing, First Edition, June 2011

ISBN 978-988-8073-32-0

歡迎加入突破書籍 Facebook — http://www.facebook.com/btbooks

本書採用環保油墨印刷

閱讀之味

或坐在巨人的肩膀上，或呷一口書香，讓我們的生活漸次提升，讓眼界更見遼闊。

目錄

誰與誰 crossover

人與事，事與人

書評，文學再創作

有時，在圖書館裏踏躂，眼前一列列的書如一道道「門」，我喜歡在書架叢中看那些門，看中了，取下來，打開，飛進去，飛往另一個時空、國度。享受閱讀的樂趣，就像在書架上飛行。

書仍是圖書館與讀者之間的主要溝通媒介。我們把書放在架上，讓讀者選取，借回家中慢慢細讀；作為圖書館長，我盼望讀者找到合適的「門」。每當看見他們捧着書本滿足地離開圖書館，我也同樣感到滿足。俟他們把書歸還，圖書館員再放回架上，讓另一個讀者選取，周而復始。我們行內人有個術語，稱這交流為「流通」(circulation)。

如果，我們將這個溝通的層次提升，由書的流通變成思想上的交流，豈不更妙麼？所以，我會寫一些書評，結集出版，如《在書架上飛行》、《在書架上漫遊》，與讀者分享閱讀心得。

不久前，湊巧得很，我分別到一所中學和大學，跟同學們講論書評。記得在中學那次，講座開始前，我與該校的中文科老師談了一會，知道他們即將舉行全校讀書報告比賽。我便開玩笑地問：「我唸中學時，老師要求我們寫的讀書報告，格式有四部分：作者生平、內容大要、佳句摘錄、讀後感。現在，是否仍一樣？」

豈料，那老師的答案竟是「仍是一樣」。不過，他強調那四部分是基本要求，若學生能多寫一點，他當然無任歡迎。

我不禁問：「多少學生有能力、自發地在基本要求以外多寫一點點？」

「因此，我們便請你來跟學生談談寫書評的方法。」他笑着回答。

讀書報告、書評不屬公開考試範圍，於是老師不教，學生不學。願意花時間、心力舉辦讀書報告比賽，鼓勵學生寫書評的學校，已是難能可貴。

很多學生在中學階段沒接觸書評，要到唸大學修讀語文科的「文類寫作」課時，才有機會跳出讀書報告的框框，認識書評是什麼東西。

書評（book review）是圖書館學（librarianship）其中一門重要課題。外國幾本權威的圖書館協會期刊，均有刊登大量由圖書館長執筆的書評。後來在大學課堂上談書評，我便從圖書館學的角度與同學交流，當中談到寫書評的三種方法：資訊式（informative approach）、比較式（comparative approach）、批評式（critical approach）。

「資訊式書評」是圖書館長常用的「工具」之一。在選購書籍時，圖書館長不可能把每一本書從頭到尾讀一遍，才決定是否入藏，故此參考有關書評是我們的「指定動作」。「資訊式書評」分出版資料和短評兩部分，前者包括：書籍的作者、書名、出版社、出版年份、版次、國際書號、頁數、插圖、附件、索引、硬皮或軟皮裝訂等資料。至於短評，顧名思義，字數大約一百字左右，遣詞精簡，陳述扼要，表達直接，言之有物，不管好壞，務要一針見血。負責採編的圖書館長，一天之內可能要閱讀一百幾十篇短評，所以「資訊式書評」不宜長篇大論，內容切忌恍兮惚兮，讀後要思索大半天才明白弦外之音的，那就不合適了。

別以為字數較少，就可以一揮而就；相反，寫「資訊式書評」猶如寫微型小說，小中見大，以少勝多，要寫得到家，很考功夫。試想，讀者閱畢一篇百字短文後，便知道那本書要說什麼、其優劣之處。要一針見血，其實一點也不簡單，除了文字功夫好，還須對該門學科有相當認識。

個人來說，我較喜歡寫「比較式書評」，選一些有趣的、對比大的話題，大做文章。

例如，我比較林燕妮和楊靈的小說。金庸說「林燕妮的小說用香水寫的」，我抓着這個比喻，補加一句「楊靈的小說用汽水寫的」。選取兩位背景、年紀不同的女作家，將她們對愛情的看法加以比較，寫了一篇〈香水與汽水〉（見《在書架上飛行》，

2004，突破）。

又例如，我找着鍾偉民《四十四次日落》裏玫瑰對小王子說的一句話：「你長大了，也長高了；而且，樣子是那樣的不同；只是，不知怎的，我看一眼就認出是你」；楊絳（即錢鍾書太太）在《幹校六記》裏也有一句類似的話：「幹校的默存（即錢鍾書）又黑又瘦，簡直換了個樣兒，奇怪的是我還一見就認識」，把兩者扯在一起，寫了〈現實與童話間的道路〉（見《在書架上飛行》）。

能夠找出一個共通點，將本來風馬牛不相及的作品、作者混為一談，畢竟是可遇不可求的事。所以，一般的比較方法約有三種：

- 比較同類型的作品：例如《衞斯理》與《X 檔案》，同是科幻小說，香港與荷里活的創作方法，卻大異其趣。
- 比較同一作家的作品：例如金庸的武俠小說，新版和舊版的情節改動、人物增刪，都給我們空間細細思考，大大發揮。
- 比較同一事件、不同角度的記載：例如，關於一隊中英探險隊穿越塔克拉瑪干沙漠的報告文學，出自英方隊員手筆的，與中方隊員的記述，明明是同一件事，但立場迴異，是非對錯竟大有出入。

寫「批評式書評」最講求眼界和學養，不管是嚴肅的權威書評（authoritative review），或者輕鬆的印象書評（impressionistic review），文章都須有組織、有條理、合乎邏輯、態度中肯，而且論點清晰、論據分明。在課堂上，有學生擔心所選的書沒什麼可評之處，我卻不以為然。厚厚的一本書，總會有值得談論的內容，同學們可從下列數端作重點觀察：

- 風格
- 句法、用字
- 主題
- 內容深度
- 目標讀者
- 調子、氛圍
- 情節的推演
- 作者的知識
- 角色的描繪
- 矛盾與衝突
- 人物是悲劇英雄還是反英雄
- 場景的設定

只要找到一點、兩點可供討論之處，然後深入探討，那就不愁沒話題了。

法是死的，人是活的，清代才子袁枚有云：「不依古法但橫

行，自有雲雷繞膝生」，我曾經借用瀏覽互聯網的概念，解讀《遊園驚夢》中的意識流情節；也曾經藉下雨前後的天氣變化，分析《告別下雨天》主角在愛情路上的跌跌撞撞；又曾經仿作一個數學公式「詩＋小說＝小小說」，探討《某個休士頓女子》的藝術特色。總之，書如作者，各有其「個性」，書評人大可相體裁衣，就着各書的「個性」，採用合宜的評論方法，不拘一格。何況評論可以是一種再創作，只要能自圓其說，調子活潑一點，立論大膽一點，甚至借題發揮，不失為有趣的嘗試。

梁科慶

書話之樂

目前看報紙讀雜誌，最大的遺憾是書評和書話不多。

過去有不少有心人。沈從文編《大公報·文藝》副刊時，主動推廣讀書風氣。讀到好書，自己出錢買了，寄給適合的書評人，邀請他寫書評。他還定下一些規矩：不評自己的書。我們看他編輯的園地，不聯羣結黨搞小圈子，不會偏幫跟自己有關的出版社。事隔多年，還是看到一位編輯應有的操守，令今日我們難免有空谷足音之感。後來蕭乾接編，亦繼續這重視書評的傳統。

現代文學裏另有書話的傳統。書話也許沒有書評那麼嚴謹，但可讀性更高。寫書話的都是愛書人，尋新賞舊，又把心得與同好分享。若再結合生活的體驗，美妙的文筆，那就更是優秀的散文了。五四以來，從周作人到黃裳，寫下不少耐讀的書話。香港從黃俊東到許定銘，上海有陸灝，令人覺得：書話的傳統還是方興未艾呢！

我們在學校裏教文學批評，也時時提醒同學，不要為理論而理論，為賣弄而挑剔。要對文學有感受、有是非之心，才能從文學得到樂趣，從閱讀明白人生。文學理論可以讀，但程抱一、葉嘉瑩的詩話，讀來一樣興味盎然，令人眼前一亮，細味而有所得。

科慶在圖書館工作，有機會接觸新書舊卷，浸淫其中，果然也是愛書之人。他研讀古今文學，擴闊眼界，有志執筆寫作文評書話，可喜可賀。我看他的文字，是有心想在談書之餘，結合生活與知識，涉獵古今，不避雅俗，務求做到思想與趣味並重，與更多人分享開卷的益處。我樂見他的文字結集成書，亦希望香港有更多人這樣從事書評書話的工作，彌補傳媒的欠缺，改變目前的讀書風氣。

也斯

觀賞：文字和圖畫的創造力

要評論作品的寫作技巧，從何說起？不如，還原基本步。

文章，組合自文字；圖畫，組合自顏色和線條。

捕捉文字的描畫能力，咀嚼細味其中的內涵，然後聯繫到生活，甚至文化和政治。

鑑賞圖畫的敘事能力，表達筆墨無法傳達的內容，渲染氛圍，擴闊想像，畫有盡而意無窮。

本部分幾篇文字，都是介紹相關作品的文字鋪陳、圖像的表達功力；欣賞作品如何以文字寫出難以言傳的東西，以點線顏色點染心理狀態。

非常食家也斯

有人批評電視台介紹美食的節目，俊男美女主持形容食物時欠缺詞彙，來來去去，都是「好味、彈牙、有口感、雞有雞味、蝦有蝦味」之類。要改善這個「語言匱乏」毛病，可參考孔夫子的意見：「不學詩，無以言」，到圖書館借本詩集「偷師惡補」，自我增值。至於借閱誰的詩集？也斯的《東西 De ci de là des choses》和《蔬菜的政治》該是首選吧，集子裏收錄了不少以食物入詩的作品，例如：

〈香港盆菜〉

應該有燒米鴨和煎海蝦放在上位
階級的次序層層分得清楚
撩撥的筷子卻逐漸顛倒了

圍頭五味雞與粗俗的豬皮
狼狽的宋朝將軍兵敗後逃到此地
一個大木盆裏吃漁民貯藏的餘糧
圍坐灘頭進食無復昔日的鐘鳴鼎食
遠離京畿的輝煌且試鄉民的野味

無法虛排在高處只能隨時日的消耗下陷
不管願不願意亦難不醮底層的顏色
吃久了你無法隔絕北菇與排鱿的交流
關係顛倒互相沾染影響了在上的潔癖
誰也無法阻止肉汁自然流下的去向
最底下的蘿蔔以清甜吸收了一切濃香[1]

大凡介紹本地美食的節目，不管由哪位食家主持引領，總有一集會讓觀眾欣賞他們在螢幕上津津有味地大啖盆菜，主持人除猛説「好吃」之外，卻沒介紹盆菜背後的歷史感悟。當然，更遑論從盆菜排序體會到社會階級、地域文化的隔閡，最終如何和諧地共融共存。這是地道食品的特色，也是香港文化的優勢，絕不可忽略。也斯的另一首詩〈鴛鴦〉，同樣寫出港式食品的特色，亦藉此暗喻香港政治、社會文化的「混雜性」（hybridity）：

五種不同的茶葉沖出了
香濃的奶茶，用布袋

或傳說中的絲襪溫柔包容混雜
沖水倒進另一個茶壺，經歷時間的長短
影響了茶味的濃淡，這分寸
還能掌握得好嗎？若果把奶茶
混進另外一杯咖啡：那濃烈的飲料
可是壓倒性的，抹煞了對方？
還是保留另一種味道，街頭的大排檔
從日常的爐灶上累積情理與世故
混和了日常的八卦與通達，勤奮又帶點
散漫的……那些說不清楚的味道[2]

詩寫於 1997 年，適值香港回歸，也斯當時的構想：「『鴛鴦』如政治又如婚姻，互相干預卻又能和諧共存。」[3] 香港背靠祖國，面向世界，匯聚中國文化與英國殖民歷史，如何求同存異，把握分寸，卻是一種藝術。一杯尋常的咖啡混奶茶，蘊含說不清的學問。「河蟹」、「河蝦」之爭拗不輟，想只是未拿捏好心中的分寸吧。

創作由概念出發，「混雜」這個概念可以發展出一揮而就的短詩〈鴛鴦〉，也可發展出撰寫十一年的短篇小說集《後殖民食物與愛情》。也斯說：

香港回歸十二年，到了所謂的「後殖民時期」，經
殖民統治後，港人的文化變成獨特的「中西匯聚多

> 元文化」。我們漸漸認同自身的「混雜」：我們既不是英國，也不是中國；既是英國又是中國。不同的種族、國籍、文化背景的人每天活在一起，使我們能在這彈丸之地嚐到不同種類的食物。我們喜歡吃意大利麪、日本壽司、漢堡包……在意大利餐廳中能找到三文魚刺身，還吃得津津有味。這種「後殖民食物」與我們的「混雜」如出一轍。[4]

小說由九七主權回歸當晚一場「天下無不散之筵席」展開。一羣「許久沒見面的朋友」再聚在一起，席上除祖籍五湖四海的「香港人」，還有「反叛美國菜的美國朋友羅傑、反叛了日本菜的日本朋友美子、不太浪漫的法國朋友、港澳兩邊走的澳門朋友」；宴後，眾人各散東西，各自在香港、京都、東京、澳門、新加坡、溫哥華、斯洛文尼亞、越南、法國、西班牙等地演繹自己的小故事。最後，小說結束於角色「我」回歸中環的「七一吧」，與朋友對飲一杯酒，靜靜地坐着看店裏的小女孩餵兔子。沒有宏大、曲折的敘事，也不是轟轟烈烈、盪氣迴腸的愛情，就像在京都吃碗蕎麥麪、在澳門嚼塊杏仁餅、在香港喝杯奶茶那麼簡單。

十二個獨立短篇，構成一個整體，感覺宛如一道盆菜。舉箸之前，十幾種食物層層疊疊，井然有序。動筷撩撥之後，最上層的燒米鴨、煎海蝦被擠落盆底，盆底的蘿蔔、豬皮混到最上層，你要吃紅燒五花腩嗎？會因夾着黏住肥肉的蝦鬚，連蝦一併夾上來。小說亦一樣，翻開目錄頁，只是條目分明的十二篇小故事，讀下去，原來各個小故事之間，存着一絲微妙的牽連。總之，就是糾結不清的混雜。

「後殖民」是學院用語，普羅大眾只管叫作「回歸」。小說裏的角色人物或全屬虛構，惟一切切實實的是陳方安生，她穿着鮮艷顏色的旗袍在第一章偶爾出場，恰巧坐在「我」的鄰桌。也斯透過「我」的想像，問：「那些跟我們以前叫布政司現在叫政務司司長同座的外國客人，眺望窗外港灣的燈火一邊進食，一邊想像的又是一個怎樣的香港？」[5] 從彭定康到董建華，從米字旗到紫荊花，從港英政府到特區政府，陳方安生是達致「平穩過渡」其中一個重要人物。她在《後殖民食物與愛情》裏，粉墨登場，客串一幕，身穿中國式旗袍與外國客人在中區酒店的法國餐廳出現，是「後殖民」的最真切寫照。[6]

每個小故事都從食物的角度切入，借題發揮，中西美食，琳瑯紙上。一篇一篇細讀，一款一款細味，發覺食物有情。情繫香港，小說人物縱然天南地北四處流動，歸根結底，還是濃濃的「香港味道」。

文學作品必須有情，有情方能動人。也斯筆下的食物，有愛情還有親情，且看他的散文〈蔬菜的祕密〉其中一段：

兒子回來度假，有興致弄意大利麪條。

> 我想起他從前最怕做飯洗碗。十多年前我到多倫多約克大學客座，跟他一起住。寒冷的晚上大家老去打邊爐、要不就吃韓國菜。功課一忙，大家都沒有做飯的餘裕了。
>
> 難得有機會看他準備做意大利麪，燒水至沸騰、加鹽，放入意大利麪條，攪拌，撈起。時間分寸拿捏來自練習的經驗，很好。Al dente，有嚼頭。
>
> 放進蒜頭起鑊，炒起舞茸菇、本菇（靈芝姑）、蘑菇、台灣的有機杏香菇、還有荷蘭芹。橄欖油多一點少一點，注意火候。成就了雜菇麪。[7]

父子下廚共樂，不必山珍海錯、珍饈百味，尋常一碟雜菇麪，亦令人回味無窮。只要煮的有板有眼，評的重點分明，與方太、阿蘇、周師傅相比，絕不遜色。電視台的飲食節目若要找新鮮臉孔當主持、講食評，不妨考慮也斯。

也斯是誰？慣看電視少讀書的人或許不知曉。也斯原名梁秉鈞，美國加州大學比較文學博士，現任香港嶺南大學中文系比較文學講座教授、人文學科研究中心主任，著作等身，獲獎無數。有人問他，「也斯」是否英文 Yes？答案是 No！「也」、「斯」是古文常見的虛字，沒有意思，取意一無所有。正因一無所有，才能虛懷若谷，學問和創作不斷創新。

註釋

1. 梁秉鈞：《蔬菜的政治》（香港：牛津大學出版社，2006），頁 15。
2. Poems by Leung Ping-kwan, images by Lee Ka-sing; English translation by Martha Cheung, *Foodscape = 食事地域誌*, Hong Kong: The Original Photograph Club Limited, 1997, p.22.
3. 冼麗婷：〈世界著名旅遊主持伊恩評港飲食蛋撻好味鴛鴦是垃圾〉，《蘋果日報》（2010 年 5 月 20 日），版 A10。
4. 譚蔚茵：〈咬一口後殖民的色香味〉，《亞洲週刊》（2009 年 8 月 2 日），頁 38。
5. 也斯：《後殖民食物與愛情》（香港：牛津大學出版社，2009），頁 11。
6. 同 4。
7. 也斯：〈蔬菜的祕密〉，《人間滋味》（香港：天窗出版社，2011），頁 196。

詩，源自生活

〈吃鯿〉　　陳德錦

蒸熟一尾鯿魚
小心地撿吃着
骨刺叢生的鮮肉
就像解讀一首
詞義艱澀的詩

愛吃這種魚
因牠不自知其多刺
不討好怕鯁骨的讀者
且確實是在一條
源源不絕的活水中
誕生

《秋橘》

最近多了觀賞蘇絲黃的下廚節目，愈看愈喜歡，有別於韜哥的祕製醬料、文達叔叔雕龍畫鳳的刀章；蘇絲黃所教的蒸水蛋、炒芥蘭、煎鮫魚，尋常家庭廚房應付得來，一般「無飯男女」容易學懂。今晚看完節目，明天照辦煮碗，闔家上下吃得高興。

學習這回事，老師非常重要，找到一個好老師，已達成功一半。如何下廚，要向蘇絲黃學習；如何吃魚，則要請教陳德錦；至於如何讀詩，更要請教陳德錦。

選詩如蒸魚，也要講究火候，選擇不成熟的作品，勉強活剝生吞，惡果自招。

讀詩如吃魚，要細心咀嚼，心無旁騖。「阿媽教仔」，吃魚時要小口小口的吃，切忌「扒飯」，這才吃出鮮味，不致鯁骨。讀詩亦然，切忌貪多務得，讀詩的人倘若囫圇吞棗、牛嚼牡丹；一來不知其味，二來容易噎住，三來錯過精髓，詩不錯讀了很多、讀得很快，卻一無所獲。

寫詩如蒸鯿魚，不為討好膚淺的人寫膚淺的詩，有深度、有深意，並源於生活的，才是好詩。寫出和讀通一首好詩，同樣艱難，只有不畏艱難的人，才能不斷進步。

〈剝柚〉　王良和

捧着一枚金色的月亮
這熟透的柚子在掌中
沉重，實在，我思索着應該
一刀剖開吃掉還是
掐入皮層層層去剝開
像強把緊握的拳頭翻成仰掌
中心隱藏的奧祕徐徐展現

猝然一驚，我訝異這弱小的果實
竟以強大的力量有意地
與我指爪的撕力相抗
似乎在暗示
不可小覷，更不可相欺
我鬆弛的五指復蓄勢拉緊
強橫的指勁暴增
只些微撕下毫釐的果皮便無法超越

它成熟的中心宛然
包孕着高山，大地，泥土
雲和風和充沛的陽光
一場暴雷雨，河流急急
這一切都施力於皮間
緊拒着人力節節迫進。我
深深吸氣並且
催動臂間的血脈與肌腱
奮力拉扯撕剝，只感覺
對方正以堅忍的意志

沉默，倔強，剛毅
姿態從容對我的咬牙切齒
我思索着應該
讓軟垂的手自果皮上移開還是
堅持，直到果皮徐徐剝落

此時，有人笑着遞來
一柄銀晃晃的刀子

《柚燈》

讀〈剝柚〉像讀《X 檔案》。王良和錯買一個內含外星生物的柚子，它具有頑強的意志和剛毅的韌力，跟詩人對抗，弄得他咬牙切齒、手指發軟，也不能把果皮剝開。

真箇這樣？當然不是。

此詩，黃燦然認為王良和以詩詠物，寄寓人與自然的較量[1]。我自問沒那麼獨到的眼光，我只讀到詩人借着剝柚子來演練「大力鷹爪」。看，「強把緊握的拳頭翻成仰掌」、「指爪的撕力」、「五指復蓄勢拉緊」、「強橫的指勁暴增」、「深深吸氣並且／催動臂間的血脈與肌腱／奮力拉扯撕剝」，分明是武功口訣和招式。王良和年輕時練過武功，在中秋夜剝柚子給家人吃，一時技癢，動作和表情誇張一點，搞點氣氛哄哄小朋友。最後可能王太太忍不住出手，給丈夫遞上一把刀子，還可能笑着責怪：「快些剝吧，大家等着吃呢！」

王良和的幽默感比得上周星馳。

〈隨想〉　　張婉雯

也許感情本身就是布爾喬埃的
喜歡與愛不免帶點唯心的色彩
在這個文明的城市中
一個小知識分子用加時勞動
來掩飾他的貧窮
我們已沒有幻想

悲哀是中產階級的特權
我們負擔不起

無產者無知於他的匱乏
革命者敢於迎接空虛
是我們追趕着有閒的夢
還是被有閒的夢所追趕

張婉雯曾說：「忙的時候寫詩。」

這話值得細味。

難得忙裏偷閒，為什麼不去看電影？或者三五知己把酒言歡？又或者好好睡一場？寫詩那麼勞心費神，張婉雯不怕累嗎？

在〈隨想〉裏，我們或可找到答案。

活在香港，營營役役，超時工作幾乎是每天的指定動作，閒暇已成「打工一族」的奢侈品。悲哀的是，在忙碌背後，大家着眼的、追求的，盡是物質層面的成就，至於那些屬乎心靈的，卻被人遺忘。忙忙碌碌，到頭來，大家最終都變作窮人。這種窮，不是有沒積財，而是思想空虛、沒有幻想、寡情冷漠。物質文明的豐盛，彌補不了精神文明的蒼白、荒涼。惟有在詩的國度裏馳騁，任由情感恣意飛翔，方能衝破無夢的樊籬。所以，張婉雯愈忙愈愛寫詩；而我，愈忙愈愛讀詩。

或許，你不同意我的看法，沒關係，因為「喜歡與愛不免帶點唯心的色彩」。

〈天水圍〉　　聶適之

天雨濛濛
我逃脫了市聲的追捕
獨自走入
天水圍的湖居
四方八面的高樓
如圍魚的
漁夫

漫遊在銀湖區
購物是一種欲念
看看是一種解脫
當我回頭再看
雨已止了
灰灰的天色
跳下
一尾漏網的
黑魚

我生平引用得最多的詩句，首推聶適之的「購物是一種欲念 / 看看是一種解脱」，尤其陪妻子逛 boutique，面對「清貨大減價」、「五折大酬賓」一類誘惑時。這兩句詩一出口，總教妻子在試身室裏，三思自省，繼而懸崖勒馬，看看便算。收效的次數，十有五、六。

聶適之是其中一位我佩服的香港詩人，多讀他的詩，除了讓我少刷信用卡外，還可學習從詩人的角度觀察身邊的人和事。聶適之最擅長發掘尋常事物的詩趣，他的詩筆彷彿魔術棒，諸如襯衣、襪子、電話亭、積木、超級市場、波鞋、收音機、電視機、巴士、碗、鉛筆、苦瓜、節瓜、熱水瓶、桂花魚、魚糧等等，都能化腐朽為神奇，變身成詩人筆下的藝術品，充滿詩情畫意。正如李廣田説：「什麼地方沒有詩呢？到處有詩，而惟有詩人才能發現它，並且表現它……那在平凡中發見了最深的東西的，是最好的詩人。」[2]

説回天水圍，我婚後在天水圍住過一段日子，大概早為「網中魚」。每天出門歸家，眼中的高樓就是一棟棟房子，湖居亦沒獨特之處。聶適之別具慧眼，把高樓、湖居看成圍魚的漁夫，意象尖新而巧妙，令人眼前一亮。他本人宛如一尾逃脱市聲追捕的游魚，不受束縛、羈絆，置身塵俗而出塵脱俗，自得其樂，又能把這份瀟灑化為詩句，與眾同樂。大隱隱於市，都市詩人，該當如此。

〈我們圍坐在圓桌前吃火鍋〉（節錄）　　潘步釗

我們圍坐在圓桌前吃火鍋
沒有足球，可
踢足球的人依然圍在一起
眼前的湯底正分明：
淺清的一邊
是童年
深濁的一邊呢？
是成年人漂不白的沉沉俗俗

天文台說
今夜氣溫只有攝氏八度
侍應把一碟肥牛放在你的肘邊
你，宣告他的死訊，才三十九歲

我們失去了一隻翼衞
妻子失去了丈夫
孩子失去了父親
父親，也失去了一個孩子

《不老的叮嚀》

最近調到銅鑼灣工作，每天午飯後，我常到維園看人家踢球。

記得潘步釗説過，足球在香港，永不沒落，只要有球場，只要有男孩子，就有人踢球。這話實在不錯。

看見少年人在球場上渾身汗水，跑來跑去，似有用不完的氣力，想到自己腰痠腿痛關節勞損，便有種時不與我的感慨。

幸而，我是一個懂得心理調節的人，只有自我安慰，以同一年齡而論，當年的我，球技比他們好、射門比他們勁、跑速比他們高。

畢竟，都是當年的事，潘步釗也説，如今他下場踢球，站的時候比跑的時候多。當年我的隊友，今天各有家庭、事業，莫説踢足球，能找到足夠人數來一場網球雙打，已屬罕見。即使難得相聚，經年累月在社會打滾後，大家的假臉具、保護罩都沒習慣卸下，於是暢所欲言的少，欲言又止的多。潘步釗以鴛鴦湯底比喻童年、成年的清與濁，確是貼切。人生就是如此，年紀大，機器壞，一個接着一個「入廠」，甚至有入沒出，不管你屬哪一支球隊，誰都沒例外。

〈圖書館〉　　秀實

那些透進來的城市燈火訴予我光暗相間的生命
我推開辦公室的門走進書庫中搜尋妳的名字
有偷窺的緬因貓眨着藍色的眼睛隱身在四十六個書架間
那時一切書本都已熟睡只有全然孤獨的思想如鼠般游走

《昭陽殿記事》

用「旺盛」來形容秀實的創作力和精力，最適切不過。他寫詩多，寫詩評亦多，間中更寫散文、小說、網誌，又搞詩刊，也是幾個文學團體的骨幹成員，更是文學聚會、講座、寫作坊的常客。不要忘記，他還要應付繁重的教學工作。每人每天只有二十四小時，不多不少，而秀實的二十四小時過得特別充實。

說回他的詩，意象繽紛、表達準確、感情縝密、寄意深遠，慣用長句營造詩意迴盪，既繼承傳統的古典美，又流露現代都市人的心聲。

秀實的詩質與量俱佳。原因之一，他的觸覺敏銳，善於捕捉詩趣，對於身邊的人、事、物，興之所至，均可入詩。當朋友送他一把刀、聽一首流行曲、在海邊走走、漫無目的在網上瀏覽、乘坐地鐵、觀石頭、讀小說、喝咖啡等等，都會成為他筆下的題材。

以這首四行詩為例，場景是秀實工作的圖書館（他的辦公室自成一國，面對無敵海景，令人羨慕），寫的是一個動作、一個意念。華燈初上時分，他從辦公室走進書庫尋書。書本和四十六個書架是學校圖書館的標準物品，緬因貓卻不是，貓從何來？耐人尋味。這正是詩人思想靈動之處，感觀世界的事物，各人所見的大略相同，大都平平無奇；但當昇華至思想層面，分野就出現了，惟有詩人的心靈眼睛方可發見「詩」，更如貓捕鼠一般把「詩」抓住。所以，詩人是孤獨的；所以，秀實是多產詩人，我不是。

〈片段〉(之二)　　鍾偉民

如果情感和歲月也能輕輕撕碎
扔到海中；那麼，我願意
從此就在海底沉默

但月光，偏又浮晃在你的唇上

幽幽漾漾，竟是
最逗人的言語；只是

你的言語，我愛聽，卻不懂得
我的沉默，你願見，卻不明白

《故事 Story》

當年，十九歲的鍾偉民出道之初，在香港小小的詩壇，引起一陣大震動。他以長詩〈捕鯨人〉奪得第七屆青年文學獎新詩高級組冠軍，評判余光中以傑作來形容：「〈捕鯨人〉長近二百行，一首想像高超，氣勢貫串，語言自然的傑作。」[3] 及後，鍾偉民再花一年半，把詩重寫成新版逾千行的〈捕鯨之旅〉，為他本人的創作歷程與香港新詩史寫下重要的一章。

論者對鍾偉民的詩有讚有彈。讚的，指他是「天才」、「神話」。彈的，嫌他的詩晦澀、艱深，認為「寫出來的作品，不發表則已，要發表的話，就必須考慮與讀者溝通。晦澀的、超現實主義色彩濃的詩，讀者一讀二讀以至三讀，而且聚精會神地讀，也沒有辦法讀得懂。這樣的詩，溝通的功能幾乎等於零。」[4] 類似的批評相當偏頗，讓我想起一段有趣的經驗——

有位爸爸和兒子在圖書館裏翻閱畢加索的畫冊，小孩子指着其中一頁抽象畫嚷道：「有無搞錯，眼耳口鼻畫得亂七八糟。」爸爸立即掩着兒子的嘴巴，低聲教訓：「你唔識嘢，唔好亂講。」

這是個簡單道理。詩是藝術品，藝術是「表現生活的，可並不就是生活，更不等於生活。藝術是表現感情或思想的，可並非就是，或等於感情與思想。」[5]

詩人寫詩的時候，不可能記掛跟牛頭角順嫂、馬鞍山 B 仔溝通，考慮他們懂不懂、曉不曉？相反，順嫂和 B 仔有責任提升欣賞藝術的水平，學會讀懂那首詩。可惜，今天是「反對艱深的『後現代』時期，不應有讀不懂的東西。」[6]

其實，鍾偉民的詩有難懂有易讀的，不宜一刀切把他歸類為晦澀[7]，你若感到他的詩好卻讀不懂；要麼，你應靜靜闔上詩集，在心裏說：「你的言語，我愛聽，卻不懂得 / 我的沉默，你願見，卻不明白。」

〈兩棵樹〉　林浩光

寒風中，我和兒子等候校車
如兩棵樹，一高一低
一棵已告別了花季
一棵卻要尋找灰色天空後面的陽光
一個枯黃的夢境等待凋零
一個卻等待掛上嫩嫩的枝椏

不是榕樹，我們不能
伸展成林，霸佔太多空間
小小的一塊泥土，已足以
令生命伸展，上升，長成
給倦鳥棲息的枝椏

不必奢望撐起疲乏的天空
不必構想為大地增添什麼風景
在時間的馬車來臨之前
讓每一片葉子都載滿翠綠的蟬聲
好為趕車的人增添色彩與旋律

今天也許我已習慣了凋零
讓你可以多吸收一點陽光
也許將來有不少颳風的日子
我的年輪已不再輸出旋轉的動力
夢境剝落之後會被碾成泥土
遺下一段旋律由你給我續唱

《新祭典》

林浩光是位與時並進、理論與實踐並重的詩人，他研究周濟詞論，在論文裏特開一章討論「周濟詞論的現代意義」，指出「周濟及常州派所追求的『興』是與感慨盛衰的寄託襟懷相聯繫的，這個觀念對現代詩人的創作仍然有一定的指導作用。」[8]

在〈兩棵樹〉裏，我們看見他對「興」的示範。父親陪伴兒子等候校車，看着兒子一日一日長大，詩情醞釀；詩的「興象」是兩棵樹，一盛一衰、一高一低、一老一嫩，象徵兩父子。樹木的枯榮，觸動舐犢之情，憑詩寄意，希望兒子健康成長，自立成才，子承父業，將父親日趨凋零的夢想延續下去，為人間增添優美的詩歌。

讀完這首清新自然的小詩，再讀一遍林浩光對「興」的闡釋：「詩人能夠敞開善感的心靈，受到外界景物所觸發，使到內心興起感情，然後捕捉興象，寄寓情理」[9]，你或能體會創作現代詩並不簡單，研究古典文學理論也不簡單，把兩者合而為一，相輔相成，更是不簡單。

〈魯平訪港〉　　鍾國強

姬鵬飛走了，魯平又來
敏感的神經和問題又再被削尖
然而，尖銳得可以鑽入保密的門縫
窺見桌面上，未來的一點一滴嗎？

門開處，是一條狹窄的過道
疑惑如黑潮洶洶湧進
把魯平蓬蓬的銀髮，拍打成一片浪花

魯平又走了，下次是誰呢？
羅湖橋上，冷雨因風紛亂
密封的車廂玻璃後，仍習慣豎起
聆聽的耳朵；橋下
河水潺潺流逝的聲音，遠遠
不敵一列直通火車
回歸的隆隆

《圈定》

詩不一定是吟風弄月、傷春悲秋之作，只要處理得宜，棘手的政治題材也能成為一首好詩。

鍾國強這詩寫於 1986 年，正值中、英談判香港前途，前景不明朗，人心惶惑。如今回歸超過十年，大局已定，中國日趨強盛，國家好，香港好，今天重讀這詩，趣味仍不減當年。

當年，魯平是中方在會議桌上其中一員大將，他不時訪港，間中「爆料」，乃傳媒關注的對象之一。魯平的 icon 是滿頭銀髮，於人叢中，一眼就認得。鍾國強抓住這個特點，寫出「疑惑如黑潮洶洶湧進 / 把魯平蓬蓬的銀髮，拍打成一片浪花」，既寫人物，又寫時局，確是絕妙好句。

那時候，香港議題，事事保密，傳媒競相探祕，稍有「北風」吹動，大家就猜測一番，紛紛亂亂。後來事實證明，都是猜錯的多。鍾國強以諷刺的筆觸，描畫那片亂局，像一個處變不驚、冷眼旁觀的智者。另外，他把當時一些「熱門」名詞，如過道（過渡）、直通車、回歸等，嵌入詩句之中，不露痕迹。讀後，令人發出一陣會心微笑。

〈二十四味〉　　鄭鏡明

一碗奇怪的液體
端在嘴邊仍叫人猶豫
像淡化了的蜜糖
像……中國式的蜂與蜜的故事
只因天熱，很偶然便發生了

奇怪的數字，一雙一對
卻是歷史如此悠久
滋味是很大眾化的
先澀而後甘……粵語殘片

需要勇氣，一鼓作氣永不言苦
為了腸胃，為了精神
一種隱疾
無法參透的玄機　　　　　　　《二十四味》

鄭鏡明是寫抒情詩的高手，早有「小鄭」之稱（相對於台灣詩人鄭愁予）。當年，「波牛」如我，也懂得在花前月下，向女生唸他的「如妳是河我是橋 / 如妳是亭台我是樓閣 / 生生世世，永成風景」[10]，不知贏得多少……

大約相距出版《雁》二十四年，他的第二本詩集《二十四味》面世，我如「小粉絲」般，迫不及待買了一本，一讀更是喜歡。《雁》裏的詩，像蜜糖，又甜又浪漫；《二十四味》則是淡化了的蜜糖，另有一番滋味。讀《二十四味》猶似喝廿四味，先澀而後甘。可見二十多年的記者生涯，讓鄭鏡明對生活體驗得更深更廣更真，將體驗化成詩句，詩句入世，充滿人情味。

人會成長，也必須成長。

今天，我這個年紀，若仍唸詩哄未成年少女，自己也會作嘔。同樣，一把年紀的鄭愁予亦不會寫「我們底戀啊，像雨絲 / 斜斜地，斜斜地織成淡的記憶 / 而是否淡的記憶 / 就永留於星斗之間呢？」[11]

透過《二十四味》，我們讀到鄭鏡明的成熟、進步。

然而，一個詩齡超過三十年的詩人，只得兩本詩集，實在太少了。我熱切期待鄭鏡明下一本佳作。

註釋

1. 黃燦然：《香港新詩名篇》（香港：天地，2007），頁 175。
2. 李廣田：《詩的藝術》（上海：開明，1948），頁 71。
3. 《第七屆青年文學獎文集》（香港：田園，1981），頁 124。
4. 黃維樑：《香港文學初探》（香港：華漢，1985），頁 135。
5. 同 2，頁 95。
6. 陳德錦：〈現象．史詩．主體《鍾偉民現象評論集》讀後〉，《圓桌詩刊》（2004 年第 4 期），頁 43。
7. 黃維樑：《香港文學再探》（香港：香江，1996），頁 86。
8. 林浩光：《詞法與詞統》（香港：瑋業，2005），頁 341。
9. 林浩光：《新詩的鏡與象》（香港：阿湯，2005），頁 62。
10. 鄭鏡明：《雁》（香港：新穗，1983），頁 14。
11. 鄭愁予：《鄭愁予詩選集》（台北：志文，1974），頁 51。

進入 Max 的「野獸國」

我讀圖書館學時，選修了一門「兒童文學」課。記得當年老教授講解圖畫書（Picture Book）和說故事（Storytelling）後，便要求學生把課堂所學付諸實踐。老教授跟大學的托兒院約好，我們按時逐一到那裏為小朋友說故事。

在一個陽光燦爛的下午，我攜同 Maurice Sendak（莫里斯·辛德）的 *Where The Wild Things Are*（中譯本《野獸國》），離開住處，踏上一片青翠的草地，朝托兒院慢慢走去。

我選 *Where The Wild Things Are*，原因有二：第一，我很喜歡這書。當日我特地少吃一頓午餐，省下錢，往兒童書店買了一冊，作永久保存。請不要奇怪，正如 Sendak 說：「成年人，總有殘存的童真。」[1] 所以，大學生愛看幼兒的圖畫書，毫不出奇。

第二，在英語世界裏，這本書家傳戶曉。那時，我每天接觸的只有教授和同學，甚少與當地兒童交談，難以預計他們聽故事時的反應，選一本他們熟悉的圖畫書，起碼可給我一分安心。

Where The Wild Things Are 是 Sendak 的成名作，書在 1963 年出版，翌年便奪得美國國會圖書館（American Library Association）的考得葛獎（Caldecott Medal）。到了 1985 年，此書已被翻譯成十三種不同國家的文字，全球總銷量超過二百萬冊。Sendak 一生筆耕不輟，他用水彩畫筆，為小朋友繪製了八十多本有趣的讀物，贏盡各個重要的兒童文學獎項。

坊間充斥着各種「掛羊頭賣狗肉」的圖畫書，先不說畫功好壞，光是一頁頁大段大段重述圖畫內容的文字，已令人望而生厭；有些更在圖內硬生生插入對話，畫蛇添足，干擾閱讀。

Sendak 洞悉兒童心理，了解他們的認知能力，其作品的情節、主題、場景、角色的圖文演繹，均經過精心鋪排。Sendak 用最簡潔的文字寫出圖畫難以交代的資料，如對話、背景等，又以生動的圖畫暗示文字不易形容的動作。University of Delaware 的 Joanne Golden 教授對 *Where The Wild Things Are* 的圖文配搭，給予高度評價，說：「Sendak 此書是一種圖畫和文字結合的獨特文本，成功地傳達想像世界中的角色。」[2] 她在 *Where The Wild Things Are* 裏找出四種表達技巧：

- 以圖畫作為文字的延伸；
- 圖文之間互相補充；
- 圖畫代替整頁敍事；
- 沒有圖畫，以純文字表達。

總之，Sendak 充分發揮圖畫和文字的優點，為小朋友帶來最佳的閱讀享受。

當我取出 *Where The Wild Things Are* 時，十多位坐在地毯上的小朋友不期然發出一聲愉悦的 Woo。他們果然識貨。但其中一個男孩即時嚷道：「我爹説過給我聽啦！」另一個女孩隨聲附和：「我也聽過囉。Max 在家裏搗蛋，媽媽罰他回房睡覺。Max 做了一個古怪的夢，夢見自己坐船出海，到了一個野獸國，征服了所有野獸，成為野獸國王……」

「慢着，慢着。」我連忙阻止她，若由她把整個故事説完，我還有分數麼？

小女孩合作地閉口，幸好她不是存心跟我為難。

「可是，這次不同了，這次由我説給你們聽。你們或你們的朋友，可有聽過中國人説 *Where The Wild Things Are*？」我挑戰他們。

他們搖搖頭，好奇地看着我。

我偷眼看老教授，他坐在稍遠的角落，拿着紙筆，一副事不

關己的模樣。

我心想：「是你說的，小朋友可以每晚重複聽同一個故事。我選一本他們聽過的圖畫書，你不能扣我分數啊！」

小朋友期待着。

我不能要他們久候，因為小朋友的專注力並不持久。

「The night Max wore his wolf suit and made mischief of one kind.」我掀開第一幅圖。

專門研究圖畫書的 Leonard Marcus，認為 *Where The Wild Things Are* 雖是一本四十年前的舊作，卻永遠給人一份新鮮感，理由是 Sendak 在繪圖時「儘量避開具時間規限的視覺材料。」[3] 衣飾最易過時，Sendak 把一件化妝舞會的狼衣穿在全書惟一露面的人類 Max 身上，一來避開「過時」這問題；二來，成功烘托 Max 的野蠻行為：拿着鎚和釘在牆上鑿洞，掛起一根用布條結成的繩子，繩子上吊着一隻玩具熊。

第二幅圖。Max 拿着叉，從梯級跳下，追趕小狗。有趣的是，走廊掛着一幅有 Max 簽名的野獸畫。媽媽容讓 Max 或替 Max 掛起這幅畫，Sendak 想暗示什麼？媽媽欣賞 Max 的繪畫才能？ Max 一直崇尚野獸或以野獸所代表的野蠻行為？媽媽與 Max 的關係其實不壞？這些，都值得讀者細味。

第三幅圖。Max 被關在睡房中，顯得忿忿不平。媽媽在房外罵他：「野獸！」Max 回敬一句：「我要吃掉你！」Max 非常不滿媽媽趕他上牀，以及不給他晚餐。

第四幅圖。Max 雙手負背，閉上眼睛，一臉毫不在乎。此時，植物開始在房內生長（Max 開始進入夢鄉）。恰如研究兒童藝術的黃美廉博士所指，小朋友在「兒童文學作品和美術創作裏找到及表現他們所要的力量與滿足他們的好奇和幻想。」[4] 睡房長出樹林，這等怪事，令我跟前的小朋友無不嘖嘖稱奇。

第五幅圖。樹林不斷生長，牀鋪、桌子統統被樹木和野草遮蓋，窗外的月亮變得明亮，星星亦增多。Max 掩着嘴巴偷笑。

第六幅圖。由第一幅開始，畫面已在逐頁擴大，到這幅，擴展至一整頁。睡房完全消失，畫面是一座荒郊野林。Max 得意洋洋地對着月亮跳舞，本來被媽媽禁閉於睡房，夢改變一切，他的「野獸」力量自由地擴張，他完全控制環境。

第七幅圖。Max 揚帆出海。郭鍠莉以旅遊模式「離家 —— 冒險 —— 回家」解構 *Where The Wild Things Are*，她說：「家一方面令人挫敗（兒童想速速逃離，掙脱居家生活的限制），另一方面又具備重新被發掘的真理（旅遊回來的主角重新省視自己與家的關係）。兒童文學的旅遊，從出發點到回歸點的過程中，讓兒童主角產生變化，肯定家的價值。」[5] 當 Max 逃出家門，進入一個神祕世界時，圖畫的版面亦相應地作出少許跨頁。

第八幅圖。Max 首次與野獸相遇，它是一頭鼻孔噴煙的海怪。本來心情愉快的 Max 頓時緊張起來，他定睛看着海怪。這時，坐在我腳前的小朋友都定睛看着畫中的 Max。

第九幅圖。Max 把船靠岸。Ellen Spitz 指出：「這幅圖畫跟文字之間出現明顯的矛盾。」[6] Sendak 重複用了四次 terrible（可怕的）來描述野獸的哮叫、張牙、瞪眼、舞爪。但畫中的野獸一點也不可怕，陳德錦甚至以「幾隻怪物造型別緻，驚險有趣兼而有之。」[7] 形容它們。嚴吳嬋霞則從顏色分析它們的「可怕程度」，她說：「這種可怕的野東西假若用深紅大綠鮮黃等刺眼顏色，一定會嚇怕人，可是辛德採用暗綠淡藍和濃淡不一的紫色，全是夢樣的有撫慰作用的暖色，看起來很和諧舒服，也十分配合故事的環境、氣氛和調子。」[8] 儘管如此，*Where The Wild Things Are* 在出版之初，曾引起一陣爭議，有些家長、教師、學者認為書中的野獸形象會嚇壞學前兒童。其實，這只是成年人一廂情願的擔憂，結果小朋友不僅沒被嚇壞，反而愈來愈喜歡此書。

第十幅圖。故事出現「角色逆轉」，Max 憤怒地大喝：「靜下來！」野獸們立時惶恐地噤聲。此時，媽媽的形象投射到 Max 身上，而怪獸則扮演母親面前 Max 的角色，馴服在成年人的權威之下。

第十一幅圖。Max 頭戴皇冠，手執權杖，成為野獸國王。他完全控制一切，同時亦完全失控，成為廣東俗語的「無王管」，情況就像他在家中搗蛋一般。他命令野獸：「讓我們開始大鬧特鬧吧！」

第十二至十四幅圖。情節進入高潮，三幅跨頁繪圖，全塗以水彩，沒有一方塊文字。Max 帶領野獸跳舞、爬樹、巡遊。四十年後，七十五歲高齡的 Sendak，談起這三幅得意之作，依然眉飛色舞，他說：「它們由早鬧到晚……最後一幅，它們列隊巡遊，神髓在於居先那頭舉起右臂，末後那頭舉起左臂，十足一雙開括號和閉括號。十隻雞蛋黃似的眼睛，一起看着 Max，Max 成了皇帝，他主宰它們，雖然那五頭怪獸的動作不一、神態各異，但它們的步伐是一致的，它們所提起的都是右腿。」[9] 我舉着書，由左至右，又由右至左的，不發一言，把書在小朋友眼前慢慢移動，讓他們靜心欣賞。他們或會忽略畫中許多細微的內容，但 Sendak 那份對藝術的熱切、對兒童的愛心，他們多少可從色彩和線條中感受得到。

第十五幅圖。高潮過後，畫面開始縮小，Max 狂野的心情逐漸回落。他模仿媽媽對他的管束，不給它們晚餐，然後打發野獸去睡。當野獸呼呼入睡時，Max 手托下巴，感到孤單；就在這陣子，他嗅到食物的香味從世界的另一邊飄送過來。

第十六幅圖。經歷了「離家」和「冒險」後，Max 跳上船，登上「回家」之路。野獸們在岸邊大叫：「請不要走 —— 我們要吃掉你——我們愛你！」它們複述 Max 早前恐嚇媽媽的話，也道出 Max 的心聲。Max 對媽媽的態度已由怨憤轉化為愛，他急於回家見媽媽。

第十七幅圖。畫面進一步縮小，Max 在夜間航行。他合上眼睛，像睡着了。

第十八幅圖。睡眼惺忪的 Max 站在牀邊。樹林完全消失，睡房回復舊觀。畫面縮至單頁，再沒「跨」出去（畢竟 Max 已回家）。Max 脱下狼衣的帽子，穿上狼衣象徵他扮演一個野蠻的小孩，脱下表示這小孩願意學乖。然而，最重要的是，在這幅圖裏，Max 在桌子上找到他的晚餐。

第十九幅圖，不，這頁不算是圖，只是空白頁，上面寫着一行字 And it was still hot！（晚餐還熱呢！）Sendak 就在這裏擱筆。到底 Max 會先吃晚餐？還是摟着媽媽親一下？就留待小朋友們自己想像了。

許多年後，每當我向小朋友説完這個故事，闔上圖畫書，端詳他們精靈活潑的臉孔，總想起陳德錦對 *Where The Wild Things Are* 的一句評語：「故事沒有教訓，卻以可怕的怪物挑戰童心的極限。」[10] 説教的作品，即使主題正確，多看也會生厭。*Where The Wild Things Are* 真不愧是兒童文學的殿堂級作品！

噢，忘了告訴大家，我在托兒院説故事的分數是：A。

註釋

1. Leonard S. Marcus, Maurice Sendak at 75, *The Horn Book,* Nov/Dec 2003, vol.79, no.6, p.662.
2. Joanne M. Golden, The growth of story meaning, *Language Arts,* Jan 1992, vol.69, p.23.
3. 同 1，p.703.
4. 黃迺毓等：《如何閱讀圖畫書》（台北：鹿橋文化，1996），頁 56。
5. 郭鍠莉：〈兒童文學與旅遊〉，網址：http://www.ylib.com/travel/notes/oneview001019.htm，下載日期：2007 年 6 月 15 日。
6. Ellen H. Spitz, *Inside Picture Book.* New Haven: Yale University Press, 1999, p.130.
7. 陳德錦：《身外物》（香港：匯智，2004），頁 55。
8. 嚴吳嬋霞：《兒童文學與教育》（香港：山邊，1999），頁 55。
9. 同 1，p.663。
10. 同 7。

折射日光的冰柱

文學作品，要用一雙怎樣的眼睛來讀？

由前人的《文心雕龍》、《詩品》，至今日種種文論之作，一翻開，像根根冰柱一樣，枯燥而冰冷的理論，沒半點味道，似乎阻礙視線，倒不如直接閱讀作品更好？原來當光線射過冰柱，會發生折射現象，甚至出現一種叫「幻日」的奇景（反映出多個太陽）。

透過理論看作品，會看出不同的美態和層次。理論不再乏味，而是可行可實踐的律；作品不再單調，更豐富和精彩。透過一雙獨特的眼睛，就看到不一樣的風景。

許勝不許敗

根據 Donelson 和 Nilsen 的理論，最佳的青少年文學作品其中一個特徵是「節奏明快」。他們說：「大部分暢銷的青少年小説，都以極快的速度敍事，並且強調強勁的形象，這些形象甚至可媲美 MTV。」[1]

論速度、強勁，你會想起什麼？

劉翔以破世界紀錄的 12 秒 88 衝過百一米跨欄的終點？卡路士離門四十碼用「腳趾尾拉西」射出一記時速 140 公里的炮彈式罰球？抑或姚明追開奧尼爾來一記勁力十足的「爆籃」？

不錯，速度和強勁會令人想起運動。

運動小説（Sports Novel）正具備這個節奏明快的特徵。

在香港，學生早被認定對閱讀愈來愈失卻興趣。例如，有機

構在 2004 年 7 月做的學生課外閱讀調查，發現接近兩成受訪學生平日不看課外書，而看書的，六成以上每週不超過兩小時。[2]

在美國，運動小説「已公認對改善那些不起勁讀者（reluctant readers）的閱讀態度有顯著幫助。」[3]

不謀而合，陳荭花了兩年時間，把他最喜愛的籃球運動化成文字，為香港學生寫出一本「主題健康勵志，文法正確而又不脱離他們生活，不説教沉悶」[4] 的《青春出於籃》。他亦憑這本運動小説，榮獲第六屆香港中文文學雙年獎。

小説的主線講述一對醉心籃球的好朋友傅霖和李俊文，為了反抗不公平的校隊選拔制度，毅然招聚幾個志同道合的同學，組成一支「挑戰者」球隊。經過三個月苦練，與剛奪得全港學界冠軍的校隊一決高下。

除了不畏權勢、挑戰強者這條主線外，小説的枝葉還有愛情、友情、親情等元素，內容非常豐富。

Donelson 和 Nilsen 自 1967 年開始研究「最佳」的青少年文學作品，他們從眾多作品之中，歸納出七項「最好」的特徵。在《青春出於籃》裏，我們可以找到其中六項。當然，陳荭不會依着 Donelson 和 Nilsen 的理論，照單執藥般寫他的小説。所謂英雄所見略同，資深而全面的教育工作者陳荭，由教師到校長，由授課到行政，他熟悉學校環境，了解學生習性，故此他寫的青少年小説，不難達到「最佳」的效果。此外，文學理論和創作是相輔相成的，作者在創作時，可從理論中找到一定的準則和依據；同時，我們透過分析《青春出於籃》，可進一步強化 Donelson 和 Nilsen 的理論。

「節奏明快」是這本小說較明顯的特徵，「從年輕人的角度看世界」是另一項。傅霖第一天上學，不聽同學勸告，坐了柔道部主將大龍的座位，先開罪大龍和柔道教練朱義盛老師；繼而因爭用籃球場，與校長兒子江克利結怨。換上成年人，初到新環境，總會步步留心，事事在意，打聽清楚人脈關係，才決定進退去留。從傅霖這些率性的行為，可見年輕人不懂人情世故，常常闖禍。成年人不能容忍年輕人闖禍，正如傅霖的媽媽，一再叮囑兒子上學「千萬不要再犯事，特別注意不要再打架」。[5] 同樣，有些作者也抱着這種心態，不容許他們筆下的年輕人闖禍，於是把成年人的處事態度加諸年輕主角身上，令這些角色變得老成持重、老氣橫秋、老謀深算，欠缺真實感。平心而論，傅霖雖然性格好勇鬥狠，時常打架生事，但為人正直、活潑、孝順，是個極可愛的小說人物。當年輕讀者和小說人物站在同一角度看事物時，讀者較易產生共鳴，從小說人物的成敗經驗中得到啟迪。

《青春出於籃》第三個「最佳」特徵，是「讓年輕人得到父母的嘉許」。和諧的親子關係，人皆渴求。可是，兩代之間因經驗不同、觀念差異而產生衝突，已屬見怪不怪的社會現象。劉玉玲指出：「青少年想要追求自主，即想到與父母分開，但父母的影響力並未解除，仍須獲得父母之情緒之支持與讚許，以獲得個人心理社會幸福感。」[6]在小說裏，沈一鳴和沈棟的父子關係令人難忘。沈一鳴年輕時也是籃球員，經歷了退役後的窮困。為了不想兒子走自己的舊路，他阻止身高六呎七吋的沈棟打籃球，幾經波折後，他最終認同兒子，到場看兒子比賽，為他打氣，是兒子勝利的一劑「強心針」。所以，不管青少年如何追求獨立、自主，在成長歲月裏，父母的支持仍是不可或缺的。

陳莊不僅寫親子關係，還在師生關係方面有所着墨。「得到老師的嘉許」同樣是年輕人的期望。不過，現實與期望是兩碼子的事，謝永齡指出：「老師面對操行失常的學生，往往是批評多、讚賞少。研究發現，教師對操行失常的學生講話時，否決與同意的比例是 15：1。」[7]當訓導主任「包公」知道傅霖打傷大龍後，還未查清楚事情始末，便拍枱怒罵傅霖，前一句「記大過」，後一句「踢出校」，情況簡直是 15：0。相比之下，張修儒老師不僅訓練傅霖打籃球，還引導他努力讀書，在期中考取得科科及格。學生縱然操行差劣，張修儒不輕言放棄，諄諄善誘，設法挽回、糾正他們，實為良師的典範。《青春出於籃》以父子諒解、師生融洽收結。即使在生活裏沒有如此愉快的經歷，小說可令年輕讀者得到情感上的滿足，從而對人生存着美好的企盼。

為了拓闊讀者的視野，Donelson 和 Nilsen 主張「故事人物應包含不同的文化社羣」，也是第四個「最佳」的特徵。《青春出於籃》的人物來自不同的社會階層，以李俊文和傅霖為例，前者是香港首富的獨生子，後者出身草根家庭；前者住在山頂別墅，後者住在山腳平房。本來貧富懸殊，難以融合，陳莊卻巧妙地利用籃球打破隔膜，讓兩人成為好朋友。在小說裏，陳莊這樣描寫籃球場：

> 球場就像是塊神奇的地方，它沒有身分的不同，沒有階級的對立，沒有財富的差別，只要你在球場上比賽，你就只是一個打球的人。沒有人會因你的背景特殊而對你有任何偏見，不管你是品學兼優的好學生，還是時常犯過的不良少年；不管你是社會上有名譽地位的人，還是剛剛刑滿出獄的新生者；只要你表現出卓越不凡的球技，任何人都會對你投以讚賞的目光；只要你射進一球好球，任何人都會衷心地為你叫好。[8]

籃球，也可成為師生溝通的橋梁。傅霖討厭上英文課，英文老師對傅霖的印象一向甚壞，認為他無心向學，動不動就責罰他。然而，一個試後的下午，在清靜的教員室裏，他們由米高佐敦談起，談得非常投契。籃球令他們由對立的位置，變為「同聲同氣」。

此外，「角色人物樂觀、自信、值得尊敬」，是 Donelson 和

Nilsen「最佳」理論的第五個特徵。正如上文所説，不畏權勢、挑戰強者是《青春出於籃》的主線，傅霖等人一開始便在校內遭到不公平針對，但他們毫不退縮，勇敢面對各種困難，並一一克服。到他們與校隊決戰當日，球證偏幫校隊，令比賽充斥着不公平。「挑戰者」的教練張修儒勉勵他的年輕球員：

> 我們的社會有許多不公平的現象，但在球場上是不應該存在的。公平競爭優勝劣敗是球場上的定律，也是一切體育比賽的真諦。他們把不公平帶到球場，他們已是失敗者，我們不必失望，也不必氣惱。[9]

的確，社會上的種種不公平現象，常使人失望和氣惱，小説裏的籃球賽是現實世界的縮影，張修儒的話既鼓舞球員，也鼓舞讀者。最後，「挑戰者」不僅贏得球賽的勝利，相信，一眾球員也贏得讀者的尊敬。

最後一個特徵是「處理感情問題」。隨着生理、心理的變化，對異性好奇、對愛情憧憬，是成長的必經歷程。初涉情場的、或在情路徘徊的少男少女，總有許多疑問，希望透過不同的渠道得到解答，小説便是其中之一。在《青春出於籃》裏，涉及的感情問題可真不少，計有：李俊文和傅珊的兩小無猜、傅霖單戀聶素湘、江克利對聶素湘用情不專、方慧中暗戀傅霖、陳風和張小筠患難見真情等等，除了動作刺激的球賽外，這些「感情戲」想必也深受年輕讀者喜愛。

Donelson 和 Nilsen 的七項「最佳」特徵中，《青春出於籃》獨欠「多變的類型和題材」。校園生活一直是青少年小説的熱門題材，然而，世界之大，題材多不勝數；加上我們已進入資訊爆炸年代，學生透過互聯網獲得各式各樣資訊，他們的認知層面早已超越「校園」。故此，青少年文學作品的取材不應局限校園之內。

不過，陳莊這本小説在眾多本地創作之中，絕對是突出之作。除了因為運動小説是較少人寫的類型，也因為他並非純粹寫運動。他寫天伯憶述 1931 年中國「天鷹」隊的阿虎以「驚天一球」反勝日本「大和」隊，以及日本特務後來炸死天鷹隊員等情節時，筆端流露家國情仇。而我寫這篇書評時，適值「七七蘆溝橋事變」紀念日，寫到這點，亦不禁擲筆慨歎。

小説末段，傅霖也射出這記「驚天一球」。籃球自傅霖手中甩出後，在空中劃出一道七色彩虹，朝籃框飛去。接着，陳莊寫下小説的最後一句：「此時此刻，傅霖知道，這場球，贏了！」[10]

Donelson 和 Nilsen 説：「贏，是運動小説的書迷惟一接受的結局。」[11]

贏得如此神妙，陳莊這一筆，堪稱神來之筆。

後記：2005 年，我一時興之所至，也寫過一本運動小說，名叫《熱火青春》，是足球員和 4x100 接力跑手的故事。更有趣的是，我把這本小說的第一章抽出來作為一篇獨立小說，在文學雜誌上發表。除了寫跑步，在第一章，我還寫出當年香港的政治狀況，故事裏幾位跑手的姓氏，分別是曾、梁、李、蔡、唐（排名不分先後）。讀者可以根據各人的性格、跑姿、比賽策略，對號入座。

註釋

1. Kenneth L. Donelson and Allen P. *Nilsen, Literature for Today's Young Adult,* 7th ed., Boston: Pearson, 2005, p.30.
2. 陳偉樂：〈兩成受訪學生不慣閱讀〉，《大公報》（2004 年 7 月 16 日），版 A23。
3. Chris Crowe, Sports literature for young adults, *English Journal,* July 2001, vol.90, p.131.
4. 陳葒：《青春出於籃》（香港：獲益，1999），頁 254。
5. 同 4，頁 9。
6. 劉玉玲：《青少年心理學》（台北：揚智文化，2003），頁 212。
7. 謝永齡：《青少年心理問題》（香港：中文大學出版社，2003），頁 175。
8. 同 4，頁 55。
9. 同 4，頁 251。
10. 同 4，頁 253。
11. 同 1，頁 180。

對付「三無讀者」

有一次我到中學演講，離開前，一位老師領着一羣同學在禮堂外面找我簽名、拍照。期間，老師吩咐同學：「大家快請教梁先生如何寫作啦！」我頓時呆住，嘩！這個課題，給我三節課都說不完。那時同學又拍照又索簽名，鬧哄哄的，教我如何講解？幸虧大家都沒把老師的話當真。

可是，那位老師仍不放過我，他見同學沒有反應，便主動問：「梁先生，為何你的小說如此吸引學生？」

又是一個不能三言兩語說得明白的「大」問題！

當時，我很想反問：「你有翻過我的小說嗎？」我肯定他沒有。當然，為免尷尬，我沒這樣問他，只簡單地回答：「其中一個竅門，是寫得輕鬆一些。」那位老師聽了，點點頭，似懂非懂地說：「我也常勉勵學生，寫作是一件輕鬆的事，不妨多寫。」

我但求他不再糾纏下去，故沒去糾正此輕鬆不同彼輕鬆。

寫青少年小說，其實並不輕鬆。青少年是羣「三無讀者」：無耐性、無時間、無經驗。作者若不放下身段，花點心思，寫一些適合他們閱讀的作品，硬要挑戰他們的耐性、硬要他們體會成年人的情感；結果，他們只會轉到上網、看電視、打球、聽歌、唱K、逛街等更有趣、更富動感的玩意上，離開閱讀愈來愈遠。

當有學生跟我說「我只看你的書」，或者「我第一本看得完的小說就是你寫的」，我彷彿感到肩上有點壓力。

我有自知之明，我的小說不是嚴肅文學作品，但我知道自己在幹什麼。我們都希望年輕人善用光陰，閱讀「一流作品」；可是，若沒我筆下這類「二流作品」作為橋樑，有多少年輕人有能力越級而上，一步登天呢？

所以，為了對付這羣「三無讀者」，我們在寫作方法上，總要有所調節：

開段不能沉悶。青少年浸淫在快餐文化裏，習慣節奏明快的事物，細水長流顯然不是他們「那杯茶」。一位中三女生跟我說，她在圖書館、書店的選書習慣，先讀頭三頁，覺得沉悶，提不起興趣，便把書放下另選別的。相信，青少年的閱讀習慣大同小異。精彩的開段是吸引他們的方法之一。金庸的武俠小說總先來一場比武、追殺、報仇、或者爭奪寶物之類，打得落花流水，招招刺激，令讀者欲罷不能。除了打鬥，懸念同樣萬試萬靈，赤川次郎的推理偵探小説，開段常常是一宗離奇命案，你要知道誰是兇手？兇手如何殺人？便要看下去，一頁都不能遺漏。若嫌打鬥太暴力、命案太血腥，可以借助滑稽、有趣、古怪等元素，例如特工阿 Wing 在《挪亞方舟》的登場，身穿飛馬牌背心、冒牌 Adidas 短褲，腳踏一雙人字拖，在九龍城獅子石道明記茶餐廳吃餐蛋麪喝奶茶，亦可營造出令讀者追看的氣氛。

不宜交代太多。小説作者是説故事，不是撰寫歷史課本，不必鉅細無遺地交代事件的來龍去脈。一段輕鬆的對話、一個神祕的微笑、一張發黃的照片、一輛先進的汽車，縱然沒頭沒尾，都可鋪陳出曲折的故事。小説不宜寫得太多、太白，應藏則藏，應露則露，不必要的贅述，只會削弱小説的節奏。青少年腦筋靈活，作者不應把他們看得太笨，偶有「牛皮燈籠」，但數目畢竟不多。間中，有讀者給我電郵，説某段看不懂，請我加以解釋。我的回覆一概是不懂再看，慢慢看。笨不是死症，可以改善。就我的寫作習慣，是否需要回溯過去，視乎情節的發展而定，沒需要我肯定不寫。所以，我最討厭別人問：特工阿 Wing 的姓名、住址、籍貫、年紀、電話號碼、身高體重、武功師承、每月收入、家中養了什麼寵物、開什麼汽車……

忌説教。成年人寫東西給青少年看，總難放下那種教導後輩的情意結。這是人之常情。最理想的情況，當然是教的開心，受教的快樂；可惜，現實與理想恰恰是兩碼子的事。青少年的脾性大都傾向反叛權威、愛抬槓，你想他們往東，他們偏向西走，更是愈說愈走。何況，成年人向青少年說話，往往過於心急，希望對方儘快聽從，因而忽略了聆聽。與青少年溝通，第一要訣是聆聽，想對方聽你說，你先要聽他說。聆聽是建立互信的第一步，雙方有了互信，那就好說話了。文字這種單向溝通媒介，作者更要注意自己的態度，若作者板起臉孔、老氣橫秋地教訓青少年要如何如何、不能怎樣怎樣，所說的縱然是至理明言，青少年聽得進多少？文學作品能成功感染讀者，並非單憑教訓和硬銷，而是潛而默化。同學們給我電郵，說他們看了「Q 版特工」後，有人決志信耶穌、有人努力讀書、有人不再偷竊、有人不再說謊、有人不再忤逆父母等等。在小說裏，我從沒向讀者作出類似的要求，特工阿 Wing 也不是基督徒；然而，同學們通過閱讀，不知不覺間，與阿 Wing、與我建立了互信，體會到我和阿 Wing 希望與什麼人交朋友，他們便朝着這個方向走。這就是小說的感染力了。

莊諧並重。青少年小說有輕鬆的一面，也有嚴肅的一面。輕鬆的元素，讓青少年享受閱讀的愉快；嚴肅的內容，給他們機會關注人生、自我反省。在「神探大開」系列裏，我寫了很多取材自社會現象的惹笑情節，同時也正經八八地引述一大段殷海光《中國文化的展望》中的道德觀。成長充滿疑惑，青少年渴望與人分享成長的苦樂，也渴望透過別人的觀點得到啟發。家事國事天下事、笑話情話無聊話，我無所不談，亦莊亦諧。（因此，我的小說吸引學生。老師，這是我的答案。）

角色人物要像個人。有一次在講座上，有同學提問，如何把角色人物寫得傳神？由於時間不足，當日我只好概括地答了一句「角色人物要像個人」。聽起來挺簡單的，有些小說作者卻輕看這點。常見的毛病是，人物非黑即白，他們把英雄寫得太「英雄」，把壞蛋寫得太「壞蛋」；把純情少女寫得太純情，把俊朗男生寫得太俊朗，小說人物形象因而變得非常薄弱，毫無立體感。人總有優點、缺點，你我如是，小說人物也一樣。特工阿 Wing 不是一個絕對強者，他雖擁有不少強項，但缺點亦多，例如感情用事、間歇性糊塗、有時決斷並不英明、面對困難會膽怯。總之，你我犯過的錯誤，也會發生在阿 Wing 身上。小說是反映現實之作，小說人物不能不食人間煙火，應像個活生生的人，這樣，讀者才能找到共鳴，看得投入。

不能過分遷就讀者的喜好。今天，服務業已成為香港的主流行業，一切都變得商品化，事事講求為顧客服務。出版是一門生意，書是一種商品，書的暢銷與否，直接影響出版社的業績。作者可以勒緊褲帶講理想、追求更高的藝術境界，但出版社的職員還得吃飯、供樓，你不能責怪他們向市場妥協。所以，作者的處境變得愈來愈被動，創作空間漸被市場價值吞噬。儘管如此，作者活在商品市場和文學藝術的夾縫之間，仍應有個人底線，不能完全被市場牽着鼻子走。青少年最喜歡校園故事，但在我的小說甚少校園場景；我反而走向世界，把讀者的目光拓闊至北韓核彈、以巴衝突、反恐戰爭、太空科技、中日爭拗、環境保護、毒品禍害等課題。青少年最愛浪漫溫馨的愛情故事，我筆下的情人卻不浪漫、不溫馨，阿 Wing 和真生歷盡生離死別、阿漆和露絲冷戰吵嘴、阿 Kim 因信仰不同而拒絕 HoHo。我為青少年展示戀愛的另一種真實面貌。我不是那種讀者想看什麼便寫什麼的作者，我希望，讀的和寫的都不要局限於某種小說主題、形式、內容；這樣，大家才會一同成長、進步。

人的成長，定必經歷兒童、青少年、成年等階段。為配合各個成長歷程的閱讀需要，兒童、青少年都應有適合他們的讀物。作為青少年小說作者，我常問自己，當青少年讀者闔上我的作品後，他們會得到什麼？

幾個小時脫離現實？一份沉重的感覺？笑一場？哭一場？還是大罵我一頓？相信，每一種可能都有。

書寫完了，便不屬於作者，是好是壞，已交讀者鑑別。讀者從書中得着多少，更不由我控制。我一把年紀，能夠藉着小說與青少年讀者交朋結友，已是無憾了！

杜甫詩〈擣衣〉

亦知戍不返，秋至拭清砧；
已近苦寒月，況經長別心。
寧辭擣衣倦，一寄塞垣深；
用盡閨中力，君聽空外音。

擣衣是古代婦女縫製寒衣的工序之一。新織成的布帛非常堅硬，不能用來剪裁衣服，因此，婦女先將布帛放在鍋裏煮透，再用水反復漂洗，然後鋪在平滑的砧石上，不斷拿木杵捶打，直至布帛變得柔軟，才用作縫紉。[1]

以擣衣入詩，始於漢代，[2] 盛於六朝和唐代。所謂「擣寒衣」，在古詩之中，乃表達離情別意的典型意象，[3] 例如「蕭索高秋暮，砧杵鳴四鄰」（何遜〈贈族人秣陵兄弟〉），「秋夜擣衣聲，飛度長門城」(庾信〈夜聽擣衣〉)。到了唐代,詩人將擣衣與征戍連在一起,相較寄物懷遠、遊子思婦,多具一層社會意義。除杜甫的〈擣衣〉,李白的〈子夜吳歌〉[4] 亦是廣為人知的名篇。

杜甫的〈擣衣〉寫於唐肅宗乾元二年(公元 759)。其時,唐室內外交侵,內有史思明攻陷洛陽,關中大饑,民不聊生;外有吐蕃侵擾邊境,朝廷廣徵百姓戍邊,社會動盪不安。那年,杜甫棄官離京,一年遷三地(華州、秦州、同谷),生活窮困。於秦州,夜聞砧聲,有感而作〈擣衣〉。

〈擣衣〉用字準而險,意象時近時遠,虛實相間。詩句以內心獨白展開,前後照應,擣衣動作與思緒緊密扣合,感情濃郁而真摯,技法高超。且由首句觀看,逐字分析。

起句悲甚。[5] 戍邊,悲也。戍不返,更悲。亦知戍不返,妻子仍為丈夫張羅寒衣,悲傷又深一層,層層遞進,凝聚悲情。以虛字「亦」起句,用得準而險,極富張力,營造悲傷的氛圍,烘托「況經長別心」、「君聽空外音」。古來征戰少人回,「亦知」蘊含絕望之意,丈夫遠戍,一去不返,妻子苦苦思量,料是絕望。縱然絕望,仍張羅寒衣;明知丈夫穿上寒衣的機會渺茫,卻不能不備,情之深,悲之切,由此可見。故黃生云:「望歸而寄衣者,常情也,知不返而寄衣者,至情也,亦苦情也。安此一句於首,便覺通篇字字是至情,字字是苦情。」[6]

遠近交錯,虛實相間。〈擣衣〉取景,如鏡頭迭換,時近時遠。時而秦州閨中，時而遠方「空鏡」，為詩句塑造一幕幕富電影感的畫面。

詩句	遠／近	虛／實	詩意
亦知戍不返	遠	虛	丈夫遠戍，一去不返。妻子苦苦思量，恐是絕望。
秋至拭清砧	近	實	秋至秦州，妻子於閨中擣衣，拭抹砧石，觸手清冷。
已近苦寒月	近	實	天氣轉寒，妻子獨守閨中，內心淒苦。
況經長別心	遠	虛	夫妻之別，不論時間、路程，均是漫長的。此別，恐成永訣。
寧辭擣衣倦	近	實	閨中，妻子擣衣至倦，力倦而心不倦。
一寄塞垣深	遠	虛	寄衣遠方，毫無把握。
用盡閨中力	近	實	閨中，妻子盡力擣衣。力盡而意不盡。
君聽空外音	遠	虛	擣衣、寄衣、砧聲全屬虛空的寄託。

妻子身在秦州，此時此地，眼見、耳聞、手觸盡是擣衣，不論布帛、木杵、砧石，砧聲，都是實在的、真確的。妻子一面擣衣，一面思念丈夫，神馳邊塞，心繫遠方，思想突破時空局限。擣衣的動作是機械的，思想是超脱的；動作是勞，思想是苦；動作是實，思想是虛。一近一遠，近而實，遠而虛，對於為丈夫縫

製一件寒衣，妻子絕對有把握；至於丈夫能否穿上，就沒半點把握了，「用盡閨中力，君聽空外音」，真箇聞者傷心，吟者垂淚。霍松林稱杜甫的詩歌由小見大、尺幅萬里。[7] 於戰亂時代，妻離子散尋常事，正如李白詩云「長安一片月，萬戶擣衣聲」。杜甫描畫的，豈止秦州的一家一戶？「亦知戍不返，秋至拭清砧」，實乃苦難大地的縮影。

內心獨白。黃國彬分析杜詩特色，認為中國古典詩人中，杜甫描寫的題材最廣；詩中的感官世界，比其他詩人的繁富，「杜甫對任何經驗都有強大的接受力。外間的一切，不論是聲音、顏色、冷暖、氣味、喜樂，只要對他有輕微的衝擊，他就有敏感而準確的反應。」[8] 若黃氏分析正確，〈擣衣〉會是一個例外。這首詩的感官世界，杜甫儘量清除淡化，不留半點視覺色彩，僅有的聲音（擣衣之聲）亦寫成虛無飄渺的「空外音」，惟一的實物（砧石）只覺觸手清冷。整首詩捨棄景物描寫，由始至終是戍婦的心聲獨白，訴說內心苦情，沒有顏色，毫無暖意、喜樂。杜甫的取捨非常獨到，因為過多的外界顏色、聲音摻雜，只會擾亂主角的心聲表白。

善用連繫字。馮鍾芸總結杜詩的特長，在於善用連繫字：

> 連繫字在詩裏有斡旋跌宕的功用，可以使詩靈活，即荊公所謂「詩眼」。詩必得「詩眼」，方可得畫龍點睛之妙。如「春風又綠江南岸」，「身輕一鳥

過」，「江間波浪兼天湧」，「綠」字、「過」字與「兼」字連繫，即是「詩眼」。有此，可使全句的意義明確、深刻。[9]

借用馮氏的說法，〈擣衣〉詩的連繫字有：

亦知戍不返	
秋至拭**清**砧	「亦」、「清」、「苦」、「長」營造悲傷氛圍。
已近**苦**寒月	
況經**長**別心	
寧辭擣衣**倦**	
一寄塞垣**深**	「倦」、「深」、「盡」烘托繾綣之情。
用**盡**閨中力	
君聽**空**外音	「空」寄託虛空的、軟弱無力的希望。

透過連繫字的潤飾，詩中「知」、「拭」、「別」、「擣」、「寄」、「用」、「聽」等動詞（動作），與妻子的情意結合，使動作呈現立體感，有血有肉有情。另外，「苦」為「寒月」添上一層哀愁，「倦」帶出力倦而心不倦，「盡」暗示力盡而意不盡，「深」一言雙關，既指邊塞遠，復指愛情深。這些例子，盡見杜甫用字之妙。總之，〈擣衣〉以最精確的文字、最和諧的組合，最濃縮的句子，表達曲折細密的感情，八句四十字，猶勝千言萬語。

多用虛字。詩歌講求意象，律絕有字數限制，多一虛字，少一意象。此詩多用虛字，突顯其纏綿悱惻的詩意，尤其頸、頷兩聯，若不以虛字起句，對戍婦的心理狀態難作深入曲折的刻劃。[10]

詩句前後照應。仇兆鰲註〈擣衣〉云：「三、四承首句，五、六承次句，七承五、六，仍應拭清砧。八承三、四，仍應戍不返。分之則各有條緒，合之則一氣貫通，此杜律所以獨至也。」[11]另外，「空外音」（八句）照應「塞垣深」（六句）。總之，八句詩前後照應、互相承接，構成一幅淒美悲傷的婦女擣衣圖，詩盡而意不盡。千古以後，我們仍彷彿聽見陣陣砧聲千里寄相思。

同樣以擣衣、征戍入詩，李白的〈子夜吳歌〉，成功展現一幅壯美的景象；但李白僅是一個超然物外的旁觀者，美有餘，情不深，意不足。與杜甫的〈擣衣〉相比，傅庚生直言「不過只是泛泛說去而已」[12]；反觀〈擣衣〉，其獨特之處，乃於常理以外落墨，無理卻顯深情：

- 亦知戍不返，仍做寒衣。
- 亦知「塞垣深」，仍寄寒衣。
- 亦知「君」沒可能聽見，仍盡力擣衣。

正是這些不尋常、不合理的舉動和希望，知其不可為而為之，〈擣衣〉達到〈子夜吳歌〉沒法達到的悲情藝術效果。

註釋

1. 張傳曾：〈刀尺暮砧非指二事〉，《常州工學院學報》（2003 年 3 月），頁 60。
2. 班婕妤的《擣素賦》為最早的「擣衣詩」。
3. 吳賢友：〈説擣衣〉，《現代語文》（2009 年 12 月），頁 50。
4. 李白〈子夜吳歌〉（其一）詩云：「長安一片月，萬戶擣衣聲，秋風吹不盡，總是玉關情，何時平胡虜，良人罷遠征。」
5. 杜甫著；楊倫箋注：《杜詩鏡詮》（台北：新興書局，1969），頁 246。
6. 杜甫著；盧國琛選注：《杜甫詩醇》（杭州：浙江大學出版社，2006），頁 351。
7. 霍松林：〈尺幅萬里 —— 杜詩藝術漫談〉，《文學遺產增刊》，第 13 輯（1963 年），頁 15。
8. 黃國彬：《中國三大詩人新論》（香港：學津書店，1981），頁 59。
9. 馮鍾芸：〈論杜詩的用字〉，《國文月刊》，第 67 期（1948 年 5 月 10 日），頁 23。
10. 蕭滌非：《杜甫研究》（下卷）（濟南：山東人民出版社，1957），頁 90。
11. 杜甫著；仇兆鰲註：《杜詩詳註卷之七》（北京：中華書局，1979），頁 609。
12. 傅庚生：〈評李杜詩〉，《國文月刊》，第 76 期（1949 年 7 月 10 日），頁 12。

《桃花扇》上點與線

研究概況

清代孔尚任（1648-1718）於 1699 年寫成的《桃花扇》，為明清傳奇發展史上的晚期傑作。歷來論述文字不少，課題多側重於研究《桃花扇》的歷史素材。大抵，對於孔尚任在〈凡例〉所言「朝政得失，文人聚散，皆確考時地，全無假借。至於兒女鍾情，賓客解嘲，雖稍有點染，亦非烏有子虛之比」，學者跟進研究，歷年興趣不減。

遠有梁啟超的《桃花扇註》，考辨史料，比照史事與戲文；[1] 近有蔣星煜寫《桃花扇研究與欣賞》，透過文獻、典籍，追尋劇中人物的歷史腳蹤。[2] 至於研究《桃花扇》關目的專著，較具規模的，則有廖玉蕙《細説桃花扇：思想與情愛》，專章討論《桃花扇》關目的因襲與創新、人物形象與史實關係、表記運用及其文學源流等課題，[3] 方法亦從史料入手，着眼於劇本與歷史的關係，對於文學元素的分析，相形薄弱，例如書中的人物性格分析，屬「平面的描述，欠立體性格之發展呈現。」[4] 可見，史料考辨有其研究的局限之處。前輩學者經過一個世紀探究與《桃花扇》有關的歷史文獻，可謂涵蓋廣泛，鉅細無遺，除非發現新史料，否則難有突破。再者，考證相關史實跟分析戲曲的藝術水平，有時風馬牛不相及，例如蔣星煜引史據典，辨證史可法並非沉江而死，[5] 縱然論據確鑿，證明孔尚任的創作偏離史實，卻又如何？對讀者、觀眾欣賞〈沉江〉的悲壯，沒絲毫影響。

故從文學角度、美學角度分析《桃花扇》，實乃回歸文學本位的研究方向。

點線組合

我們可以透過「點線組合」仔細分析《桃花扇》的美學結構。點線組合是中國傳統藝術的共同美學形式，藝術家通過點與線的不同組合，製作各式各樣的藝術成品，如書法、繪畫、雕刻、建築、盆景等。在文學領域裏，惟獨戲曲的結構，全面繼承這個美學傳統，沈堯闡釋：

> 在結構上同樣是以一條主線作為整個劇情的中軸線，並且圍繞這條中軸線安排容量不同的場子——大場子、小場子、過場，形成縱向發展的

點線分明的組合形式……不僅全劇用一條主線貫串始終，每一場戲也是用一個中心事件貫串始終的。[6]

沈堯的立論，建基於李漁的「立主腦」、「減頭緒」。李漁的戲劇理論，強調主題統一，一人一事，主線明確，一線到底，脈絡分明。李漁說：「自始至終，離合悲歡中具無限情由，無窮關目，究竟俱屬衍文，原其初心，止為一事而設。」[7]至於情節鋪陳方面，則務求濃縮精煉，切忌頭緒紛繁，他說：「事多則關目亦多，令觀場者如入山陰道中，人人應接不暇。」[8]這套理論，應用於戲曲這種包含唱、做、唸、舞的綜合表演藝術，同時又須顧及觀眾的即場接收和感受，最為適當和實用。

論《桃花扇》的線

《桃花扇》的線在哪？劇目的主線中心是侯方域送給李香君的定情宮扇。王季思指出，孔尚任採用「扇」作為全部戲曲的主要線索，用意深刻。[9]那柄宮扇雖是尋常舞台道具，俞為民認為，道具亦可作為李漁所說的「一事」，他解釋：

桃花扇雖是一件很普通的道具，但在戲中，它既是侯、李兩人的定情之物，又與當時的政治鬥爭有着聯繫……贈扇、濺扇、題畫、寄扇、扯扇等情節都與桃花扇有關。這樣桃花扇就自然成了劇作的結構中心，作者緊緊圍繞這「一事」來組織情節，提綱挈領，雖然全劇的情節錯綜複雜，場面宏大，但線索清楚，全劇渾然一體。[10]

在〈凡例〉十六條，孔尚任以桃花扇在劇中所起的主線作用列為首條：

劇名《桃花扇》，則桃花扇譬則珠也，作《桃花扇》之筆譬則龍也。穿雲入霧，或正或側，而龍睛龍爪，總不離乎珠，觀者當用巨眼。

葉長海這樣理解〈凡例〉首條的含意：「孔尚任把桃花扇比作珠，把筆法比作龍，他主張『龍不離珠』，就是主張筆法多變而不離中心意思。」[11] 由此，孔尚任的構思清晰可見，所有劇情圍繞着一柄桃花扇展開，「離合」與「興亡」雖然變幻無測，紛紛亂亂，只要不離主線，終究有條不紊，收縱得體。

然而，「南朝興亡，遂繫桃花扇底」，到底《桃花扇》的主線是「離合之情」抑或「興亡之感」？主線是一條還是兩條？歷來眾說紛紜，故出現「單線包容」[12]、「一主一副」[13]、「一主一賓」[14] 等不同看法。筆者則另有見解，認為「兩線重疊」（見圖 1），一即二，二即一，因而有人看見一線，有人看見兩線。

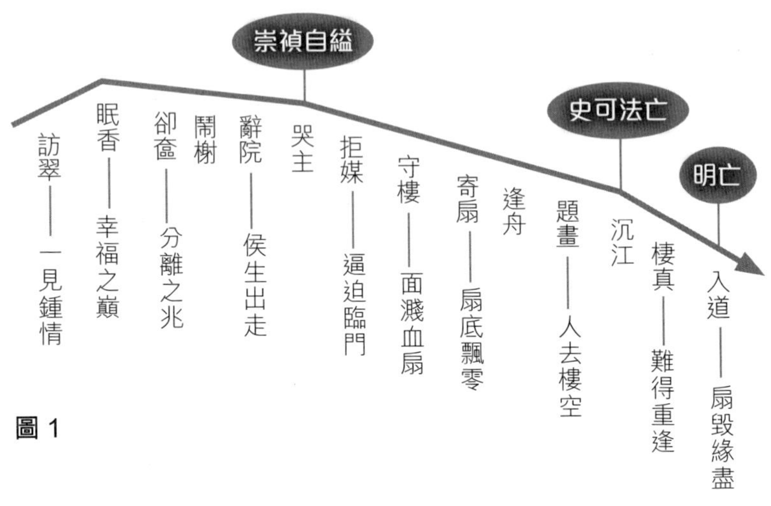

圖 1

孔尚任構思《桃花扇》猶似拿着鉛筆、直尺在紙上畫線，先畫「興亡線」，再於其上畫「離合線」。侯、李的愛情悲劇，肇端於國勢衰頹、權奸當道、黨爭內耗。權奸、黨爭乃明室覆亡的原因之一。國破而後家亡，妻離子散、顛沛流離，實為苦難歲月的哀歌。張道士最終以「國在那裏，家在那裏」點化侯方域的「男女室家，人之大倫，離合悲歡，情有所鍾」，劇情發展至扇毀國亡之時，孔尚任借張道士的口，點明：家與國難以分割。

〈寄扇〉一齣，楊龍友借李香君濺在扇面的鮮血，畫成朵朵桃花，正是「家與國難以分割」的形象化呈現。楊龍友是馬士英的妹夫、阮大鋮的盟弟，另一方面又是侯方域的朋友。侯、李姻緣的「因」與黨爭的「果」之間，存着微妙關係。魏黨失敗，餘孽阮大鋮遭復社文人公然羞辱，欲藉資助侯、李姻緣換取與復社和解，託楊龍友玉成其事。結果，姻緣由楊龍友一手撮合，亦因他而離散，侯、李後來蒙受的迫害又與他有關，正如〈媚座〉一齣中總批所言「香君一生，誰合之？誰離之？誰害之？誰救之？作好作惡者皆龍友也。」

楊龍友搖着筆桿，點蘸李香君的鮮血，一筆一筆勾勒桃花，象徵一隻無形黑手主宰侯、李幸福，同時，操控明室國運的，何嘗不是這幫黑手集團呢？故此，楊龍友借血點桃花這個關目，正好跟孔尚任在〈小識〉中透露的創作構想，互為印證：

> 桃花扇何奇乎？其不奇而奇者，扇面的桃花也；桃花者，美人之血痕也；血痕者，守貞待字，碎首淋漓不肯辱於權奸者也；權奸者，魏閹餘孽也；餘孽者，進聲色，羅貨利，結黨復仇，隳三百年之帝基者也。帝基不存，權奸安在？惟美人的血痕，扇面之桃花，嘖嘖在口，歷歷在目，此則事之不奇而奇，不必傳而可傳者也。

扇面桃花由「魏黨餘孽」借李香君的鮮血點成，血為情愛而流，情因國破而滅，扇毀之日，亦是明亡之時。以桃花扇作全劇的主線，清晰不過。

論《桃花扇》的點

傳奇的美學結構由點與線組成。興亡、離合兩線重疊，構成

《桃花扇》的中心主線。孔尚任抓住與桃花扇「直接相關的侯李離合之情，作為傳奇的中心線索，再聯繫這條中心線索，展開了南明一代興亡的場景。」[15] 這些場景，則為連於線上的四十四個「點」，亦即全劇的四十四齣戲，每齣戲或每個「點」各有一中心事件，如訪翠、投轅、哭主、爭位、罵筵、逮社、會獄等，貫串全劇，藉着正反、疏密、虛實等筆法，與主線緊密結合。

綜觀《桃花扇》，當中出現的「點」，分布於八齣戲之中，而每齣戲均為全劇的「重點」，每個重點各有特定關目和意義，情況如表 1 所示：

「點」之所在	關目概要
眠香	侯李愛情發端，兩人達至幸福頂峰。
卻奩	李香君識破阮大鋮奸計，退卻妝奩，侯李分離之兆。
守樓	李香君悍衛愛情，血濺宮扇。
寄扇	借血點桃花，桃花薄命，扇底飄零。
逢舟	兵恐戰危，扁舟相逢，桃花淌血，刻骨銘心。
題畫	人去樓空，咫尺天涯，睹物思人。
棲真	侯李重聚，天老地荒，揫住情根不放。
入道	扇毀明亡，情消緣盡。

表 1

高禎臨指出，傳奇的點線特色，在於「情節結構上的每一個節點既是組構全劇整體的有機部分，卻又可以各自獨立成一個段落。」[16] 由此，每齣戲的中心事件，自成一個段落，既可單獨以「折子戲」演出，同時齣齣相關，串點成線，所有事件前後呼應，共同推演主線劇情。

為探討「點」的特色，筆者以第七齣〈卻奩〉為例，詳加剖析，予以說明。

李堯分析，中國傳奇的高潮安置，有別於西方傳統戲劇。傳奇的高潮「不一定集中在戲劇的最後，在適當的情節點上便可以安排不只一個的局部的高潮」[17]。〈卻奩〉是《桃花扇》的首個高潮。〈卻奩〉緊接〈眠香〉之後，〈眠香〉乃侯、李幸福頂峰，〈卻奩〉為兩人從幸福頂峰滑落的轉捩點。站在這個高點綜觀全劇，瞻前顧後，前後關目，一目了然。

高潮是戲曲最重要的組成部分。祝肇年以建屋的「大樑」比喻高潮，他指出這根「大樑」要放在「全劇最重要、最顯眼的位置上，作為聯繫各條情節線索的樞紐」[18]；然而，高潮位置縱使選對，亦需作者的筆力使其彰顯。要達至一個動人心扉、扣人心弦的高潮，事前的筆墨蓄勢、矛盾積聚、氛圍蘊釀等功夫，都要用心營造。

孔尚任把全劇首個高潮部署在第七齣戲，十分符合戲曲的行當安排。演員、觀眾需要時間「入戲」，劇情需要時間伸展、鋪陳。高潮出現過早，演員、觀眾、劇情均欠預備；太遲，劇情會趨於平淡、沉悶，如散金碎玉、浮光掠影，令人膩歪。孔尚任早在第二齣〈傳歌〉埋下伏筆，再撰第三至六齣的相關關目，層層推進，自低至高，由淡趨濃，仿似潮漲浪湧，達至第七齣的高峰，其過程如圖 2 和表 2 所示：

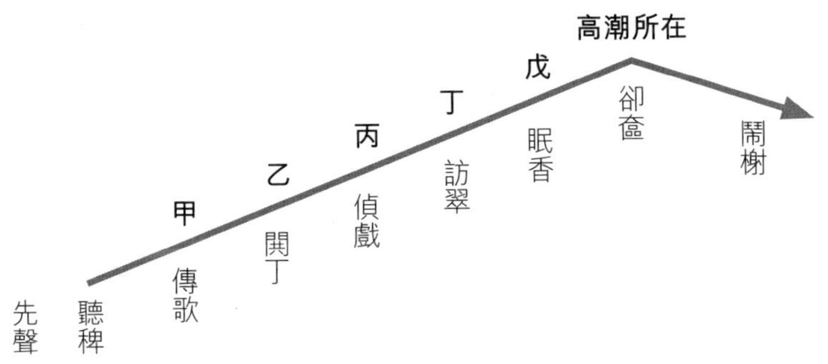

圖 2

甲	〈傳歌〉：楊龍友向李貞娘推介侯方域梳櫳李香君。
乙	〈閧丁〉：阮大鋮遭復社中人公然羞辱。
丙	〈偵戲〉：楊龍友向阮大鋮獻計，為侯方域助奩梳櫳，藉此託侯方域化解復社與阮大鋮之間的衝突。
丁	〈訪翠〉：侯方域聽聞楊龍友盛讚李香君姿色，及見佳人，果然妙齡絕色，有意梳櫳，可惜手頭拮据，正感無奈。楊龍友主動助奩，玉成其事。
戊	〈眠香〉：楊龍友把梳櫳之物送至媚香樓，水到渠成，侯、李以宮扇作定情信物，洞房花燭。

表 2

〈卻奩〉承接上文劇情，楊龍友大清早往媚香樓，名為道喜，實為說項。劇情蘊釀多時，到了此刻，觀眾、讀者無不心繫侯方域會否中計？若不中計，該當如何推卻？正值大家把焦點放在侯、楊二人身上，孔尚任筆鋒一轉，一直處於「花瓶」位置的李香君，出人意表地站到台前，識破陰謀，責怪侯方域願受阮大鋮籠絡，指斥阮大鋮趨附權奸、廉恥喪盡；最後脫下裙衫，退卻妝奩，風采完全蓋過侯、楊二人，贏盡觀眾掌聲。

戲曲古名傳奇，「奇」可引申為罕見、意外之事，孔尚任亦言：「傳奇者，傳其事之奇焉者也，事不奇不傳。」昔日，妓女的社會地位低下，故此李香君膽識過人的「義舉」，既在情理之中，又在意料之外。她仗義執言，擲棄貴重的釵釧衣裙，令人嘖嘖稱奇。她這一擲，擲地有聲，成為《桃花扇》之中最劇力萬鈞的重點關目。

對應李漁的「一人一事」理論，〈卻奩〉的「一人」乃李香君，「一事」乃李香君推卻妝奩。

李香君是孔尚任精心塑造的人物，角色爍爍照人。吳淑鈿認為，經過〈卻奩〉一齣，李香君「才德一體的形象塑造歷程似乎已經完成。」[19]〈卻奩〉之前，李香君的亮點，只是「人美歌甜」，或許相較其他秦淮歌妓，她的聲色略勝一籌，但不過是一個社會地位低下的歌妓。楊龍友在侯方域面前盛讚她「妙齡絕色，平康第一」，引得侯方域登門造訪，兩人由相見至梳櫳，侯方域對李香君的欣賞，僅止於貌美。他寫在宮扇上的定情詩「夾道朱樓一徑斜，王孫初御富平車，青溪盡是辛夷樹，不及東風桃李花。」以及溢美之言：「香君天姿國色，今日插了幾朵珠翠，穿了一套綺羅，十分花貌，又添二分，果然可愛。」在在顯示，他愛李香君，只建基於虛浮、膚淺的花容月貌。

〈卻奩〉讓侯方域有機會欣賞李香君的正直、堅強、聰慧等內在美德。

楊龍友助奩說項，本來勝券在握。人情侯方域已經白白領受，喜筵已吃，美人已娶，對於楊龍友的請求，他無從推諉。至於李香君，楊龍友根本不把她計算在內，他或以為青樓女子，只懂在男人身旁唱歌斟酒，哪會想到李香君第一個懷疑：「俺看楊老爺，雖是馬督撫至親，卻也拮据作客，為何輕擲金錢，來填煙花之窟？在奴家受之有愧，在老爺施之無名。今日問個明白，以便圖報。」至侯方域問個明白，卻表示願受阮大鋮籠絡，李香君立即挺身而出，直斥其非：「官人是何說話？阮大鋮趨附權奸，廉恥喪盡，婦人女子，無不唾罵，他人攻之，官人救之，官人自處於何等也？」說話斬釘截鐵，句句有力，跟楊、侯的閃縮溫吞、文過飾非，對比鮮明。

李香君繼而棄釵脫裙，完全堵住楊、侯二人的口實。楊、侯兩個大男人，在毫無準備下，被李香君一番詰難，登時詞窮理屈，一個說「香君氣性，忒也剛烈」，另一個說「老兄休怪，弟非不領教，但恐為女子所笑耳」，各自草草為自己找個下台階，灰頭土臉的窘態，躍然紙上，讀之令人噴飯。

「助奩」盛情難卻，「卻奩」非卻不可，一助一卻，正反相映。孔尚任精心編排，透過一正一反的筆法，把李香君的內在美呈現無遺。沉醉於溫柔鄉、幾乎「徇私廢公」的侯方域，終於曉得欣賞李香君的內外兼美：「俺看香君天姿國色，摘了幾朵珠翠，脫去一套綺羅，十分容貌，又添十分，更覺可愛。」

其實，李香君的俠義本色，並非突然出現，早在〈傳歌〉已有迹可尋。楊龍友觀看妝樓四壁的題贈，赫然發現：「呀呀！張天如、夏彝仲這班大名公，都有題贈。」張天如和夏彝仲是復社的領袖人物。蔣星煜參閱《明史稿》、《夏節愍全集》、《李姬傳》、《板橋雜記》等文獻，肯定李香君與復社文人往還甚密，甚至懷疑李香君是復社一員。[20] 孔尚任為寫《桃花扇》，曾在 1688 至 1690 年間到江淮一帶搜集明末史料和軼聞，李香君與復社的關係，他定必知曉，藉壁上題贈，予以暗示，並非無稽之論。故此，李香君對素未謀面的侯方域一見傾心，除因侯方域文采風流外，相信她早自張、夏口中，對侯方域早有印象。胡雪崗認為她喜歡侯方域，不單是一般的兒女私情，更主要的是出於對復社文人的傾慕：

> 復社文人由於在政治上具有比較進步的主張，他們與馬士英、阮大鋮的鬥爭，是天啟年間東林黨人與

魏忠賢閹黨鬥爭在新形勢下的繼續，從而得到人民的同情和支持，也贏得生活在歌臺舞榭的正直善良的妓女的好感。[21]

蔣星煜和胡雪崗的論點，與李香君的政治取態和剛直品格，劇裏劇外，互相吻合。

孔尚任筆力所至，〈卻奩〉精彩絕倫，「一人」（李香君）的形象突出、性格鮮明，「一事」（退卻妝奩）劇情緊湊、極具張力，成功寫出《桃花扇》其中一齣令人拍案叫絕的重點戲。傳奇的點線組合仿似珠鏈、花串，分則獨艷，合則眾美。〈卻奩〉的劇情固然絕妙，若貫串整體四十四齣戲，〈卻奩〉則為全劇布局的樞紐、悲劇之轉捩關鍵，經過〈卻奩〉的「一人一事」，接下來的情節更加豐富和曲折。

李香君退卻妝奩，對阮大鋮的羞辱程度，更甚於復社文人責罵。為妓女所辱，且街知巷聞，阮大鋮當然懷恨在心，伺機向侯、李報復。本來〈修札〉與〈投轅〉，侯方域化解了一場軍事危機，阮大鋮卻從中誣陷，功變成罪，侯方域被迫出走，李香君獨守媚香樓，與奸權周旋。在〈拒媒〉、〈守樓〉、〈罵筵〉，來自阮大鋮的迫害，正是〈卻奩〉的延續；而李香君的不畏強權、大義凜然、忠貞守節，亦是延續〈卻奩〉所表現的光采。

至於侯方域，在孔尚任筆下，初上場時的侯方域是個空疏無

實用的落魄秀才；欠缺錚錚骨氣，毫無危機感，性格軟弱，不事生產，不務正業，流連青樓尋歡作樂。對於楊龍友助奩，侯方域的取態跟李香君，大相逕庭。他跟楊龍友萍水相交，承其厚禮，心覺不安，卻又懶理不管；至李香君催促，他才勉為其難詢問，待問個明白，竟順應楊龍友的歪理，為接受阮大鋮助奩自圓其說，句句口不對心，說到底，就是貪圖妝奩。

雖然侯方域在〈卻奩〉所表現的品格、決斷、識見等各方面，無疑是不濟，但他畢竟是劇中第一男主角，孔尚任不會將他過分貶低，否則李香君為他守節拒媒，就顯得軟弱無力、毫無意義。因此，侯方域總有其優點，如性格善良、灑脱、有才學、城府不深等。在〈辭院〉，楊龍友趕來通風報信，告知他阮大鋮誣陷之事，他仍不明就裏的說：「我與阮圓海素無深仇，為何下這毒手？」證明他沒害人之意，當然也沒防人之心。

玉不琢不成器，身處逆境當中，強者愈強。卻奩帶來誣陷，侯方域被迫離開軟玉溫香的媚香樓，投奔史可法，接着面對連串軍、政危機，他的才幹、氣魄逐漸顯露。

另一方面，侯方域出走後，劇中沒片語隻字提及他思念李香君，或許如楊龍友所言「侯公子一時高興，如今避禍遠去，那裏還想着香君哩。」霧水情緣，朝秦暮楚，在煙花之地本屬平常。然而，患難見真情，〈逢舟〉一齣，當侯方域聽聞蘇昆生說：「香君在院，日日盼望你，托俺寄書來的。」及見血扇，深受感動，真情流露，哭着喊道：「香君，香君，叫小生怎報答你也。」此時，他對李香君的愛更深一層，立即趕回南京尋李香君，可惜，李香君被選入宮，人去樓空，睹物憶人，傷心難過。美人公子飄零盡，重到紅樓意惘然，到了這個時候，侯方域總算配得上李香君，侯、李愛情更見感人。

這一切一切皆因〈卻奩〉而起。蔣星煜稱〈卻奩〉是「全劇中一個至關重要的關目」[22]，確是灼見。

結語

戲曲在文學領域裏，具有獨特的美學特徵，既能在台上演，亦可在台下讀；既能贏得普羅大眾的掌聲，亦能供文人在案頭鑽研探究；能上而能下，上至皇宮禁院，下至市井街頭，只要搭起戲台，戲曲就可上演。

《桃花扇》繼承傳統藝術的「點線組合」結構，以一柄桃花扇作為全劇的結構核心，孔尚任透過對桃花扇的藝術點染，層層推演劇情，細針密線，環環相扣，齣齣相關。侯方域在扇上題詩，象徵愛情萌芽；李香君持扇亂打，捍衛愛情；她血濺詩扇，以示對愛情的堅貞，至死不渝；楊龍友借血點桃花，強加裝飾，奈何血污已滲透潔白的詩扇，寓意侯、李沒法團圓；張道士一手把牽繫愛的詩扇撕毀，一反大團圓結局的戲曲傳統，不落俗套，棄情入道，道盡美的破滅、情的矛盾。

綜觀全劇，侯、李雖然聚少離多，桃花扇出現的關目亦只有八齣，但孔尚任以小映大，透過尋常的一人一事，藉着生旦離合，聯綴一代興亡，將大時代的風雲變幻，寫得井然有序、收縱得體。〈卻奩〉是全劇關鍵所在，〈卻奩〉承〈偵戲〉而來，〈辭院〉又承〈卻奩〉而來，中間插入〈鬧榭〉、〈撫兵〉、〈修札〉、〈投轅〉等齣添枝生色，跌宕多變。及後的情節，離合與興亡交替敍述，高潮迭起，〈罵筵〉的痛快、〈沉江〉的悲壯、〈會獄〉的細膩，盡見作者匠心。至扇毀國亡，無國無家無情愛，雙線重疊，同歸消沒。最後〈餘韻〉作結，細訴國破家亡的無奈與悲涼，餘音裊裊，教人掩卷三歎。

註釋

1. 梁啟超：《桃花扇註》，收於《飲冰室專集》第十冊（台北：台灣中華書局，1978）。
2. 蔣星煜：《桃花扇研究與欣賞》（上海：人民出版社，2008）。
3. 廖玉蕙：《細説桃花扇：思想與愛情》（香港：海嘯出版社，1997）。
4. 吳淑鈿：〈超越與異化──〈桃花扇〉中李香君的藝術形象〉，《人文中國學報》第 9 期，頁 84。
5. 同 2，頁 115。
6. 沈堯：〈戲曲結構的美學特徵〉，載於張庚、蓋叫天等著《戲曲美學論文集》（台北：丹青圖書公司，1986），頁 3。
7. 李漁：《閑情偶寄》（杭州：浙江古籍出版社，1985），頁 8。
8. 同 7，頁 11。
9. 王季思：《王季思文集》（廣州：中山大學，2004），頁 359。
10. 俞為民：《李漁〈閑情偶寄〉曲論研究》（南京：江蘇教育出版社，1994），頁 42。
11. 葉長海：《中國戲劇學史》（台北：駱駝出版社，1993），頁 461。
12. 楊健文：《戲劇概要》（台北：五南圖書公司，2003），頁 246。
13. 余秋雨：《中國戲劇史》（台北：天下文化書坊，2007），頁 270
14. 唐翼明：〈論長生殿的主題及其矛盾問題〉，載《古典今論》（台北：東大出版社，1991 年 9 月），頁 255。
15. 同 9，頁 366。
16. 高禎臨：《明傳奇戲劇情節之研究》（台北：文津出版社，2005），頁 82。
17. 李堯：《比較研究：古劇結構原理》（上海：上海社會科學院，1993），頁 32。
18. 祝肇年：《古典戲曲編劇六論》（北京：中國戲劇出版社，1986），頁 145。
19. 同 4，頁 87。
20. 同 2，頁 104。
21. 胡雪崗：《孔尚任和桃花扇》（台北：萬卷樓，1993），頁 104。
22. 同 2，頁 245。

與生活對話

閱讀文學作品，是享受一場超脱現實的遊蕩嗎？

在作品中回溯城市的發展和失落，感受俠義風骨和豪氣，激發對文壇的希望和期待。作品，出於生活，也能回歸生活，更能與生活對話。

讀着，如讀散文一樣，看到作者童年軼事，看到當年香港一個民間片段，看到一次文壇活動，似乎是記事；但藉文學作品，卻能引發聯想，也能拓闊觀察與思考的空間。

有人愛用「想多了」，來形容不切實際、超脱現實的思考。不過生活與文學對話，有時真需要「想多了」。寫書評寫到像個人生活軼事的散文，要很花想像力的。

以為文學作品可能是脱離現實之作？不然，原來從作品透現的精神可以看到生活。

搬出去住

我在新界的圍村長大。昔日，村後大片「風水林」是我童年的好去處。那片「風水林」長滿翠綠的茅竹，好看極了。不過，最矚目的，要算是竹林前面那棵高大的老榕樹。童年時，我放學回家，站在村口望過去，總覺老榕樹像個威武的大將軍，竹樹則像一個個手執長矛的士兵於將軍身後列陣，聲勢何等浩大！

遠觀，老榕樹威風凜凜；走近，卻是慈祥可親，尤其那寬敞的榕樹頭，是我們一羣小朋友的「祕密基地」。我們搬些稻草、木塊、磚頭，稍作「僭建」，再配合天馬行空的想像力，那榕樹頭曾變身為太空船、直升機、潛水艇、火車頭、坦克車、鑽地車，甚至成為我們另一個家。有一段日子，我們留在榕樹頭的時間比在家裏還多。

父母但求小頑童不在家裏搗蛋，都不介意我們有「兩頭住家」；而且要找我們也挺容易，只消走到村後喊一聲：「牛仔，吃飯啦！」「B 女，做功課啦！」「小明，洗澡啦！」牛仔、B 女、小明自會從榕樹頭鑽出來；即使不鑽出來，亦有人向家長「打小報告」，例如往士多買糖果去了、往菜田挖番薯去了之類。

榕樹頭這個家雖沒高牀軟枕，也沒電視冰箱，但對小朋友來説，比起留在有爸爸媽媽的家裏，來得輕鬆寫意、自由自在；尤其當默書捧蛋、欠交功課的日子，榕樹頭簡直是個堅固的防空洞。

小朋友常希望擁有私人空間，我八歲的小兒在客廳一角豎起一個父母止步的塑膠小帳篷，內裏擺放了他心愛的玩具。每逢表兄、表妹到訪，他們便一起鑽進小帳篷裏玩耍，空間雖狹，卻自得其樂。時代不同，心態如一，我當日的榕樹頭，小兒今天的小帳篷，如出一轍。

當小孩子長大，可以自立或自以為可以自立，便會考慮「搬出去住」。在歐美社會，父母自幼訓練兒童獨立自主，年輕人「搬出去住」遠較華人社會普遍。那個耳熟能詳的「搬出去住」的童話《三隻小豬》（*The Three Little Pigs*），便是源自歐洲。

《三隻小豬》最早的印刷版本面世於 1843 年，故事收錄在一本倫敦出版的童話集 *Nursery Rhymes and Nursery Tales*，編者是 James Orchard Halliwel-Philipps。其實，這個故事遠在 1843 年前已廣泛流傳於歐洲的家庭。

《三隻小豬》流傳至今，內容已經增刪無數次，例如，為了淡化故事的暴力味道，現代版本把狼吃掉豬、豬吃掉狼的情節刪去。不過，不管故事如何改動，起筆始終不變：

> 豬媽媽打發她的三隻小豬到外面的世界，過自己的生活。(Mother pig sends her little pig out into the world to live on their own.)

驟眼看來，豬媽媽未免太過無情；可是，玉不琢不成器，小朋友太受保護、太倚賴父母，難以培養出機警、獨立、堅強和勇氣。為人父母，應當如《聖經．申命記》32 章 11 節所說：「又如鷹攪動巢窩，在雛鷹以上兩翅搧展，接取雛鷹，背在兩翼之上。」要雛鷹學飛，鷹媽媽就要驅趕子女離巢。所不同的，鷹媽媽較豬媽媽盡責，在訓練雛鷹的過程中，牠給予足夠的支援和引導。豬媽媽則過於放任，送豬入狼口，讓毫無社會經驗的小豬走進遍佈壞蛋的世界，結果其中兩隻慘遭大壞狼吃掉（原來的版本)。

故此，養而不教或教而無方，父母均屬失職，應各打八十大板。

同樣是自建居所，三隻小豬的命運迥異，分野在於勤力與懶惰。第一和第二隻小豬因懶惰、貪玩，分別以稻草和樹枝匆匆把屋建成，餘下的時間便用來玩耍。最後，簡陋的屋子擋不住大壞狼。至於第三隻小豬，牠辛勤地用磚頭建造一間堅固的屋子，不僅能抵擋大壞狼，更反過來擊敗牠。

讀完三隻小豬的故事，年幼如幼稚園學生也明白要做事勤懇，不可貪圖逸樂。然而，三隻小豬的建屋過程，由草屋至木屋，再由木屋至磚屋，象徵人類文明的走向，這點不知又有多少人看得出？

科技發展是一種經驗的累積。舊成就乃新成就的基石，後人的研究建築於前人的研究之上，沒有一步登天。

沒有建草屋的經驗，便沒有木屋；沒有建木屋的經驗，便沒有磚屋。可見，成功的因素，除了勤力外，還有承繼與創新。

小豬的三間屋子背後，蘊含建築技術的發展。這個發展歷程，同樣可引用到《三隻小豬》的書籍製作。自 1843 年之後，林林種種的《三隻小豬》版本湧現，無論插圖、歌譜、版面設計、文字撰寫、書本的大小，都不斷推陳出新。更有趣的是，還出現了一些如《三隻小狼與大壞豬》（*The Three Little Wolves and The Big Bad Pig*）一類的改寫本，把傳統角色徹底互換，讀起來，另有一番趣味。

在《三隻小豬》的發展史裏，最大的突破，莫過於 1933 年和路迪士尼公司把故事拍成卡通短片。卡通裏的小豬各有名字，牠們不再是書中的第一第二第三、或大豬二豬三豬、或大哥二哥三弟；而且，牠們各具不同音樂才能，建草屋的 Fifer Pig 會吹笛，建木屋的 Fiddler Pig 拉小提琴，建磚屋的 Practical Pig 彈鋼琴。整個故事有驚無險，三隻小豬最後在磚屋裏打敗大壞狼，皆大歡喜。

由此可見，隨着時代進步、科技進步，童話故事的表現方式同樣推陳出新。

然而，並非每一種事物都受惠於進步，上文所述的那片「風水林」便是所謂進步的犧牲品。

有一年夏天，來了一個穿西裝的胖子，説服了村民讓他發展村後的農地。於是，那一年，農地變成工廠兼露天貨倉。為了方便貨車進出，老榕樹和大片竹林被剷掉了。最初一兩年，村民們按月均分地租，不愁衣食，較勤力的，則到工廠打工，不用過日曬雨淋的農耕生活，生活似乎過得更好。只是，「大壞狼」悄悄來了，首先是環境污染，接着是治安、交通等，圍村以往的寧靜、平實、淳樸，幾年間變得面目全非。

大抵，這是整個新界的遭遇，再過幾年政府全面管制這些改變土地用途的經濟活動，工廠和露天貨倉沒了，「風水林」也沒了，只剩下大片不能耕種的爛石屎地，以及暮氣沉沉的村莊。之後，村民陸續遷出。

幾年前，我駕車經過附近，特地往圍村一趟，那裏彷彿慘遭一羣大壞狼蹂躪，只餘下頹垣敗瓦，十室十空。昔日的圍村風物，一點痕迹也沒殘留。夕陽西下，在榕樹頭的遺址上，剩下我這個「老餅」在想當年……

華山論劍：誰是天下第一？

「華山論劍」是金庸筆下最頂級的比武較勁場面。在《射鵰英雄傳》裏，東邪、西毒、南帝、北丐、中神通五大高手相聚華山之巔，盡展平生絕學，一決高下，爭的是「天下武功第一」。曾有論者批評「論劍」用詞不當，因五大高手沒一人使劍，為此，金庸在修訂本《射鵰英雄傳》以附註解說：

> 殊不知國人用語文雅，常虛指以代實物，如請人「吃飯」，並非當真饗以白飯三大碗，而是雞鴨魚肉，美酒佳餚，反而並無白飯；……所謂「打擂台」，也不是對着木搭之高台拳打腳踢，而是打人比武。「論劍」乃雅稱，並非當真須長劍短劍，口論舌辯也。「諸葛亮舌戰羣儒」，自不是諸葛亮伸出舌頭，發內功與人的舌打架。[1]

在金庸的十五部武俠小說當中，《射鵰英雄傳》被公認為他的代表作。梁羽生談到香港「新派武俠小說」的發展時，曾指出1954年至1958年屬「探索期」，到了1958年，他的《白髮魔女傳》與金庸的《射鵰英雄傳》相繼完成，始成為新派武俠小說發展史上「自我突破本有模式」[2]的劃時代之作。

金庸曾以「打擂台」解說「論劍」，無巧不成話，新派武俠小說的誕生，與「打擂台」亦有莫大關係。1954年，香港兩位武林高手「太極派」的吳公儀與「白鶴派」的陳克夫，在報上開始罵戰，最終簽下比武「生死狀」，由於香港法律禁止打擂台，故移師澳門決戰。戰幔拉開，兩人近身纏鬥，不消三分鐘，吳公儀一掌帶過，陳克夫血流滿鼻，拳證立即喊停。儘管比武過程甚短，且是一掌分勝負，報章卻爭相渲染，街談巷議延續不倦。當年《新晚報》主編羅孚有見及此，靈機一動，請副刊編輯梁羽生撰寫連載武俠小說，以饗「好鬥」的讀者。梁羽生不負所託，奮筆疾書；吳陳比武後的第三天，《龍虎鬥京華》見報。三十多年後，羅孚（筆名柳蘇）憶及此段往事，依然津津樂道：

> 這一打（吳陳打擂台），也就打出了從五十年代開風氣、直到八十年代依然流風餘韻不絕的海外新派武俠小說的天下……梁羽生其所以能如此之快，一個原因是平日愛讀武俠小說，而且愛和人交流讀武俠小說的心得。這些人當中，彼此談得最起勁的，

就是金庸……兩人的共同興趣不僅在讀，也在寫，當梁羽生寫完了《龍虎鬥京華》時，金庸也就見獵心喜地寫起《書劍恩仇錄》來了。[3]

金庸開始武俠小說創作，大概比梁羽生遲兩年，但正如倪匡所說：「金庸的小說創作生涯，可說開始得相當遲，但是一開始，就石破天驚，震爍文壇。他第一部武俠小說《書劍恩仇錄》才發表到一半，武俠小說讀者，已經驚為天人。再接下來的《碧血劍》、《雪山飛狐》，更是采聲大作，人手一冊。等到《射鵰英雄傳》一發表，更是驚天動地……奠定了金庸武俠小說大宗師的地位，人人公認，風靡了無數讀者。」[4]《射鵰英雄傳》無疑為武俠小說引入一種嶄新的敘事模式，金庸廣泛借鑑及吸收西方近代文學、五四新文學的藝術經驗，乃至戲劇與電影技巧，筆下人物一個比一個生動，武功一招比一招神祕，情節一段比一段曲折，令人目不暇給、手不釋卷。

另一方面，《射鵰英雄傳》也創造了一個把江山與江湖融於一體的傳奇故事，巧妙地結合社會歷史與人文主題，以歷史為背景，以江湖為中心，以人文主題為目標；從朝廷社稷到莽莽江湖，由鐵騎黃沙的漠北至柔情婉約的江南，寫出一個完整而遼闊的武俠世界。在這個世界裏，一切矛盾、恩怨，皆源於華山論劍。

第一次華山論劍，王重陽技壓羣雄，贏得《九陰真經》。後

來王重陽逝世，武林中人為了奪取《九陰真經》，各出奇謀，無所不用其極。二十五年後，第二次華山論劍，單以武功而論，以「西毒」歐陽鋒最強。但他逆練真經，弄至瘋瘋癲癲，武功第一，不了了之。第三次華山論劍又隔了三十多年（見《神鵰俠侶》），郭靖、楊過等人重新定下五絕名號「東邪、西狂、南僧、北俠、中頑童」，眾人只喝了聲采，便四散下山，「天下武功第一」之事，皆付笑談之中。至於誰人技高一籌，金庸並沒言明，儘管如此，潘國森卻相信郭靖武功最高：

> 郭靖是惟一學會全部《九陰真經》的人，周伯通就比他學少了經末的一段古怪文字。而周伯通的絕學雙手互搏和空明拳都傳了給郭靖，加上郭靖青出於藍的「降龍十八掌」，郭靖剛柔並濟的武功理應比周伯通為強。至於楊過……內力再強，恐怕也強不過把天下陽剛第一的「降龍十八掌」練到登峰造極的郭靖。那「黯然銷魂掌」再厲害，恐怕也不能勝過既懂雙手互搏之術，又能以一人而使出「天罡北斗陣法」的郭靖。[5]

然而，所謂「大俠」、「英雄」者，是否單單取決於武功之強弱？綜觀金庸筆下的武林，「武而不俠」或者「俠氣少、歹氣多」的人物，比比皆是。黃藥師喜怒無常，歐陽鋒作惡多端，裘千仞濫殺無辜……他們雖為一代宗師，但是否都足以稱為「大俠」？

另外，《書劍恩仇錄》的陳家洛、《碧血劍》的袁承志、《飛狐外傳》的胡斐、《倚天屠龍記》的張無忌、《天龍八部》的段譽、《笑傲江湖》的令狐沖等人，皆徘徊於進退抉擇之間，或為愛情，或為功業，或為恩仇，患得患失，夾纏不清，他們是否都堪稱「英雄」？

金庸對「俠」的標準定得非常高。他在〈説俠〉一文中，上溯《孟子》、《呂氏春秋》，至於《史記·游俠列傳》，下迄各明、清小説，歸納出「俠」的行為與是非標準，結論是：

> 為了幫助別人而不惜犧牲自己，那是好人，是俠士。見到不平之事肯挺身而出，拔刀相助也好，仗義執言也好，都是俠……幫助的人愈多，愈是大俠。所以郭靖有言曰：為國為民，俠之大者。[6]

《射鵰英雄傳》及《神鵰俠侶》的歷史背景在兩宋之間，當時正值蒙古大軍圍困襄陽，強虜壓境，襄陽危在旦夕。郭靖仍不忘教導楊過：「我輩練功學武，所為何事？行俠仗義、濟人困厄固然乃是本分，但這只是俠之小者。江湖上所以尊稱我一聲『郭大俠』，實因敬我為國為民、奮不顧身的助守襄陽……只盼你心頭牢牢記着『為國為民，俠之大者』這八個字，日後名揚天下，成為受萬民敬仰的真正大俠。」[7] 這一番豪言壯語，使原先打算行刺郭靖以報父仇的楊過，為之「聳然動容」、「肅然起敬」。

郭靖的大俠性格成長於《射鵰英雄傳》，完成於《神鵰俠侶》。在《射鵰英雄傳》最後一節，郭靖與成吉思汗一人一騎，策馬草原之上。於成吉思汗的「金刀駙馬」與民族大義之間，郭靖義無反顧地選擇了後者，更理直氣壯地反駁成吉思汗：「殺得人多卻未必真是英雄。」讀者掩卷之餘，無不為郭靖喝采。終郭靖一生，對師父敬，對朋友義，對愛情貞，對民族忠；胸襟、抱負、氣度、品德、行為、武功都近乎完美。陳墨指出，「為國為民，俠之大者」乃金庸在其武俠世界裏展現「新的英雄觀」，亦是「任何小說作家都難以望其項背的大眼界、大氣勢、大胸襟與大手筆。」[8]

陳墨的說法，與嚴家炎對金庸小說的分析同為「英雄之見」。嚴家炎認為金庸其中一項重要貢獻，是改造傳統武俠觀念，他說：「舊式武俠小說的一個普遍觀念是『快意恩仇』。為了『報仇』，而且要『快意』，殺人就不算一回事……金庸小說卻從根本上批評和否定了『快意恩仇』，任性殺戮這種觀念。」[9] 他以《水滸傳》的武松作比較，武松為了報仇，血濺鴛鴦樓，殺了張都監一家老小十餘口，連無辜的兒童、馬夫、丫環、廚師統統不放過。反觀郭靖，他為報父仇，追蹤完顏洪烈，從江南走到漠北，後來大仇得報，卻惹來一場思想危機。郭靖「想到『報仇』二字，花剌子模屠城的慘狀立即湧上心頭，自忖父仇雖復，卻害死了這許多無辜百姓，心下如何能安？看來這報仇之事，未必就是對了。」[10] 可見金庸筆下的大俠，滿有悲天憫人、憂國愛民的高尚情操。而這個「民」，亦能突破以漢族為本位的狹隘觀念，不分漢族與少數民族，即使是花剌子模的老百姓，郭靖為救他們的性命，也不惜冒上殺頭之險，公然干犯成吉思汗。

談到化解民族仇恨，不得不提《天龍八部》的喬峰。喬峰是丐幫幫主，行俠仗義，豪氣干雲，「降龍十八掌」的威力媲美郭靖。後來喬峰被揭發是遼人，不容於中原武林，遂離宋歸遼。他不肯侵宋，亦不願背遼，最後以身相殉，阻止遼宋交戰，終其淒苦一生，教人唏噓不已。

寫了十八年武俠小說，金庸把英雄人物發揮得淋漓盡致，到了 1972 年，他以一個「反英雄」韋小寶作為封筆之作。《鹿鼎記》不僅展露金庸的幽默才華，韋小寶的血統更混雜，漢、滿、蒙、回、藏，進一步體現五族共融，「查大俠」的功力確是出神入化。

註釋

1. 金庸：《射鵰英雄傳》（香港：明河社，2004），頁 428。
2. 梁羽生：〈早期的新派武俠小説〉，《城市文藝》（2009 年 2 月 16 日），頁 79。
3. 柳蘇：〈俠影下的梁羽生〉，收錄在《梁羽生的武俠文學》（台北：風雲時代，1988），頁 39。
4. 倪匡：〈武俠小説大宗師 —— 金庸〉，收錄在《諸子百家看金庸（三）》（香港：明窗，1997），頁 89。
5. 潘國森：《武論金庸》（香港：明窗，1995），頁 96。
6. 金庸：〈「説俠」節略〉，收錄在劉紹銘、陳永明編：《武俠小説論卷（下）》（香港：明河社，1998），頁 715。
7. 金庸：《神鵰武侶》（香港：明河社，2004），頁 866。
8. 陳墨：《新武俠二十家》（北京：文化藝術，1992），頁 70。
9. 嚴家炎：〈再談金庸小説與文學革命〉，《香江文壇》（2003 年 12 月），頁 29。
10. 同 1，頁 1570。

文學的眼睛

那次回香港中央圖書館主持「劉以鬯與香港文學」講座，在西鐵車廂裏讀《四十一雙眼睛》。講座邀得黃仲鳴、陳德錦和潘國靈擔任主講嘉賓，他們分別從報章副刊、寫作技巧、影像改編三個角度，講論劉以鬯的小說。

「劉以鬯與香港文學」講座最後的環節，劉老親自上台發言，掀起高潮，座無虛席的演講廳充滿熱烈的掌聲。潘國靈晚上給我電郵，說講座氣氛很好，是一段很值得紀念的時光。講座結束後，也是乘搭西鐵返家，繼續在車上看《四十一雙眼睛》。

《四十一雙眼睛》收錄四十一位浸會大學「八十後」同學的新詩、小說、散文，每篇作品都附有胡燕青老師的評賞，她認為「每一篇都可以拿來做青少年文學創作科的教材」[1]，激發年輕人的創作熱情。

以年紀、出道的日子區分，劉老是老前輩，黃仲鳴、陳德錦、胡燕青是前輩，我和潘國靈是後輩，《四十一雙眼睛》的作者則是後後輩。每個年代，或多或少，總有愛好文學的人。若按受讀者擁戴的程度，劉老肯定是香港文學的 Super Star。講座下午四時完結，輪候請他簽名、拍照的人龍，足足一小時方能消化。我相信市場，尊重讀者的選擇，有麝自然香，毋須吹嘘。劉老今年九十二歲，在人龍中捧着大疊《對倒》、《酒徒》、《寺內》、《打錯了》等的，大部分是「八十後」青年。《對倒》於 1972 年發表，他們還未出生。可見，在優秀的文學作品裏，我們找不到代溝。

本地文壇，有多少位作家，具劉老的「級數」？恐怕不多。

請別誤會，我無意拿劉以鬯跟任何人作比較，尤其《四十一雙眼睛》的年輕作者，相反，對於這幾十位新秀，我心存極大期待。文學需要接棒者。香港文學，不可能只靠前輩作家支撐；我們需要年輕人，年輕人為文學帶來新思維、新創意、新視野，薪火相傳。

可是，接棒，談何容易！文學創作漫漫長路，從來就不好走，吃力不討好，中途「上岸」多的是。時至今日，年輕人的玩意多，香港文學的接棒者已成一羣「少數民族」。

今早，在網上報章讀到北島的文章，他談及香港的年輕人：

由於教書的緣故，我和年輕人接觸較多。教我最擔憂的還是香港的年輕一代。他們從出生那天起，就被送上一條生產流水線——他們的一生早已被註定。這條流水線看起來安全可靠，但代價是，他們的創造性與想像力被資本被父輩被媒體被網絡劫持了——他們沒有好奇心，沒有視野，沒有讀書慾，沒有獨立性，沒有自我表達能力，是的，他們一無所有。[2]

大概，沒人希望北島所說的是事實；遺憾的是，香港新一代的光景，實在不由我們不擔憂。

晚上，讀完《四十一雙眼睛》的最後一篇〈灰塵〉，享受了一段稱心的閱讀時光。那是集子裏寫得最好的小說。剛升大學的胡皓妍寫一個自卑的中年人，人物刻畫細膩，筆法老練，有深度，令我想起劉以鬯、白先勇等的小說裏某些片段。或許，出版社應寄一本《四十一雙眼睛》給北島，讓北島稍稍安心，因為香港也有些年輕人有好奇心、有視野、有讀書慾、有獨立性、有自我表達能力。例如——

〈咿咿呀呀的小男孩〉是李家儀往柬埔寨當義工，照顧愛滋病孤兒期間的所見所聞，字字感人。曾慶彪的〈日誌〉寫「宅男」故事，有人被互聯網「劫持」，也有人從網上找到創作靈感，寫出發人深省的小說。陳子恩的〈謀殺案〉以幽默的筆調，從小孩子的視角，看透家庭教育、學校教育的種種缺失，輕鬆的小品，讀來異常沉重。徐務研的〈美麗〉，插敍高明，把切牛排與抽脂的血淋淋影像，交叉呈現，效果震撼。

幾乎忘記北島是詩人。文集入公文袋、貼郵票前，記緊用 post-it 標示盧珮珊的〈九龍塘 A 出口〉。給北島一個溫馨提示，有機會乘地鐵到浸大，從 A 出口走上路面時，看看左右，感受一下都市人的寂寞。還要給〈百子櫃〉貼一片 post-it，楊曉甯以中藥入詩，寫都市化與保育的矛盾，取意尖新。

篇篇佳作，賞心悦目。我不是一個悲觀的人，只要稍有期待的目標，我便以樂觀、積極的態度，等候這個期待成真。何況，一書在手，我有四十一個期待。

昨天，劉老為讀者簽名時，我不時跟捧着大疊書的人説：「選兩本最鍾愛的給劉老簽吧。」其中有位男士有點不悦地反問：「為何要設限額？」我指指他身後長長的人龍，把他的視野由自己手上的幾本書，轉到身後的過百本，説：「老人家累了。」

的確，前輩是會累的。

後輩們，加把勁，接棒啊！

註釋

1. 陳懿等編：《四十一雙眼睛》（香港：突破出版社，2010），頁 262。
2. 北島：〈詩意地棲居在香港〉，《東方早報》（2010 年 7 月 11 日），版 S12。

誰與誰 crossover

任何公司、品牌、機構想「搞搞新意思」，其中一個招數是「crossover」，百年品牌與年輕潮物做一些設計上的交流與配搭，流露一點新鮮感，也能作為話題。

中與西、古與今，如何來比較對照，如何找得出當中有趣的相關？書評者卻找到了「路」。

林平之走過的路、小紅帽走過的路；三隻小羊路上的壞蛋，還有十字坡路上的吃人魔，找對了路，就能搭成橋，讓中與西交流一番。感覺上相距千里的事物，卻能找到暗合之處，加以玩味。

古今之路似乎容易一點找嗎？比對作品之古今改動，似乎是輕鬆一點的，不過從小改變看出大用心，可一點不易，要看對作品、作者的體會了。

比較作品，是書評寫作常用手法。但比較得有創意，就不是人人皆曉。

戴上小紅帽的林平之

這名字是不是挺眼熟的？林平之是誰？

他是金庸小說《笑傲江湖》其中一個角色，令狐沖的師弟，娶了與令狐沖青梅竹馬的岳靈珊為妻，害得師兄傷心欲絕；後來，林平之為了報仇，自宮練劍，雖然練成「辟邪劍法」，卻變成一個不男不女、邪惡歹毒的怪人。

小紅帽（*Little Red Riding Hood*）是著名童話，格林兄弟在 1812 年根據採集得來的民間故事編寫而成，講述一個穿着紅色連帽披風的小女孩，在森林裏遇見大壞狼的驚險故事。

你一定覺得奇怪，二十世紀金庸筆下的小說人物，怎會跟十九世紀的童話世界扯上關係？

小紅帽故事的開端是這樣的：媽媽告訴小紅帽，外婆的身體不好，媽媽做了一些點心要小紅帽帶給住在森林的外婆，媽媽叮囑小紅帽在路上不可貪玩、不可與陌生人交談……

自從我當了父親後，每次讀到這情節，總是怔忡不安。家長絕對不能讓小朋友單獨外出，即使一同外出，也要捉緊孩子的手，尤其經過玩具店、漫畫店，家長務要打起精神。有一趟，我們一家三口逛商場，我與妻子説着走着，好一會，大家驚覺對方都沒拖着兒子；回頭一看，但見通道上人頭湧湧，卻不見兒子的蹤影，我們立即循着來路去尋。走過十來間店舖才找到——他蹲在一間模型店外的「扭蛋機」前，看着機上的卡通海報，正看得入神，平日答應媽媽什麼「跟着父母，不可亂走」等承諾，統統拋到九霄雲外。

同樣，當小紅帽走進森林，摘了第一朵花後，對於外婆的病和媽媽的叮囑，也是統統忘記了。

所以，不可輕看童話故事。經典的童話應該親子同讀，因為家長和小朋友都可在故事裏得到提醒。

小紅帽和林平之各有一段獨自上路的經歷。小紅帽是自願的，林平之是被迫的。林平之一家慘遭滅門，鏢局盡毀，父母被擄，他孤身一人落難江湖。在路上，小紅帽和林平之同樣遇上大壞狼。在童話世界，狼的形象多是「掠奪者」(predator)，如《三隻小豬》裏的狼，一上場便兇暴地追殺小豬。在小紅帽故事裏，狼扮演一個表面和善親切的「誘惑者」(seducer)，慫恿小紅帽摘花，然後計算時間；先跑到外婆家，吞吃外婆，待小紅帽到訪，再吞吃小紅帽。

至於林平之，他遇上的大壞狼則是外號「君子劍」的華山掌門岳不羣，也是一個出色的「誘惑者」。岳不羣上場時，林平之眼前一亮，因他看見「一個青衫書生踱了出來，輕袍緩帶，右手搖着摺扇，神情甚是瀟灑。」[1] 岳不羣一上場，即露了一手「紫霞功」，震懾欺負林平之的木高峰，解救他於困境。急於投師學藝的林平之不禁趨之若鶩，心底裏以「神仙般的人物」來讚許岳不羣，立刻要拜他為師。機關算盡的岳不羣不僅用武功去引誘林平之，還將貌美如花的岳靈珊推向他，林平之不上釣才怪呢！岳不羣的目的，當然不是吞吃林平之，他一心要侵吞林家的「辟邪劍譜」，才向林平之惺惺作態。小紅帽摘花，林平之貪花，俱是因花惹禍，雖則此花不同彼花，但那兩頭大壞狼的手段，實有異曲同工之妙。

紅色象徵危險，我們在街上，看見紅燈不可過馬路；在泳灘，看見紅旗不可下水。在故事裏，小紅帽和林平之的不幸，都源自危險的紅色。小紅帽穿着顏色鮮艷的紅披風走進森林，處身青草綠葉之間，大壞狼最初留意到的，就是那款不常見的紅色。假若小紅帽改穿一件不注目的素色外衣，説不定可以避過大壞狼的耳目。另一方面，引致林平之全家蒙難的「辟邪劍譜」，也正巧寫在一件紅色袈裟上。紅色的披風是外婆送的，紅色的袈裟是先祖傳下的，小紅帽把披風穿在身上，林平之把劍譜繫於心上，一露一藏，無巧不成話，都是紅色物件帶來的危難。

禍根雖是前人種，但當事人也不能不為惡果負上責任。林玫伶指出，小紅帽隻身入林，而後發生意外。其實這並不「太意外」，如果她遠離危險（繞路走、走人多的地方），或增加安全措施（結伴同行、不跟陌生人說話），都是存身避禍的方法。可惜，小紅帽什麼也沒做，林玫伶認為這是「三性」捆綁之過：

> 一是「惰性」：想到要做那麼多預防措施，就懶了下來。二是「賭性」：總是抱着「不會那麼倒楣」的心理。三是「傲性」：覺得自己可以應付一切。[2]

林平之的情況亦相似，我們不難在他身上找到惰性、賭性和傲性。先說傲性，林平之活在前人的蔭庇之下，是家中的長子嫡孫，人人怕他三分，自幼驕生慣養，心高氣傲，毫無危機感，一遇挫折，便手足無措。其次，他的惰性令他虛度光陰，平日以策馬打獵為樂，不積極練武，功夫稀鬆平庸；碰上武林高手，被人打得目青鼻腫。最後，他強烈的賭性，使他為了復仇，不惜押上性命。他每晚冒險躲在岳不羣臥室之側的懸崖之上，查探劍譜的下落。當他憶述岳不羣把那件寫着劍譜的紅袈裟扔下懸崖的情景，真箇聞者心驚：

> 眼看那袈裟從我身旁飄過，我伸手一抓，差了數尺，沒能抓到。其時，我只知父母之仇是否能報，繫於是否能抓到袈裟，全將生死置之度外，我右手搭在崖上，左腳拚命向外一勾，只覺腳尖似乎踫到了袈裟，立即縮將回來，當真幸運得緊，竟將那袈裟勾到了，沒落入天聲峽下的萬仞深淵中。[3]

那晚，林平之稍為失手，定會墜入天聲峽下的萬仞深淵中。然而，他沒失手，抓到袈裟，卻墜入另一個萬劫不復的深淵，自宮練劍，走上邪惡之路。正如任盈盈所想，林平之「若沒能將袈裟勾到，那才真是幸運得緊呢。」[4]

性格影響命運，小紅帽和林平之若少一分惰性、賭性和傲性，多一分勤奮、踏實和謙遜，大壞狼要誘惑他們，也少一分成功機會。

小紅帽輕看路上的危險，結果中了大壞狼的詭計。當她摘完鮮花，跑到外婆家時，發現大門打開，門不用敲便可入內，進屋的過程出奇容易，她卻毫不懷疑，全沒提防。同樣地，林平之要拜岳不羣為師，岳不羣一口答應，華山派的門牆竟如此容易進入，林平之亦沒半點懷疑，全沒提防。

小紅帽進入外婆家中，聽從牀上的「外婆」吩咐，睡在「外婆」身旁。小紅帽察覺「外婆」不對勁，便跟「外婆」說出以下

一段經典對白：

「外婆，你的手真大啊！」

「更好用來抱妳囉！」

「外婆，你的腳真大啊！」

「更好用來跑步囉！」

「外婆，你的耳朵真大啊 」

「更好用來聽聲音囉！」

「外婆，你的眼睛真大啊！」

「更好用來看東西囉！」

「外婆，你的牙齒真大啊！」

「更好用來吃掉你囉！」

Bettelheim 分析，這段關於手、腳、耳、眼、牙的對話，乃是小紅帽試圖搞清楚外婆的不對勁是什麼一回事，恰恰正是「聽（hearing）、看（seeing）、摸（touching）、嚐（tasting），小朋友用以了解世界的四種感觀。」[5]

相較之下，林平之的感觀不及小紅帽敏銳，他進入華山門牆，繼而成為岳不羣的東牀快婿，仍不大察覺岳不羣的不對勁。耳聞、目睹、感受的盡是岳不羣的種種好處，直至岳不羣劍譜到手，露出爪牙，在背後砍了林平之一劍，林平之於昏迷前瞥見兇手的臉容，才如夢初醒，明白一切。不過，岳不羣號稱「君子劍」，偽裝功夫當然比森林裏的大壞狼更勝一籌，林平之入世未深，怎會料到這個師父兼未來外父竟是一頭披着羊皮的狼呢！

最後，大壞狼和岳不羣都奸計得逞，大壞狼吞掉小紅帽，岳不羣吞掉「辟邪劍譜」，各得其所。故事若就此完結，可就不符合善有善報、惡有惡報的童話式審判。於是，童話作者安排了一個獵人，趁大壞狼吃飽睡一睡時，割開牠的肚皮，救出外婆和小紅帽，再把石塊塞進大壞狼肚裏，然後縫合肚皮。後來，大壞狼一覺醒來，覺得口渴，走到井旁喝水，因肚子負荷過重，失去重心，一跤栽下井裏死了。

岳不羣也沒好下場。他私吞劍譜後，以為藉此練成神功，天下無敵，貪勝不知輸；於追殺令狐沖時，誤墜陷坑，落在任盈盈手上，被迫吞食「三屍腦神丹」，空有一身絕技，卻為毒藥所制，一敗塗地。

大壞狼墜井，岳不羣墜坑；大壞狼亡於肚腹裏的石塊，岳不羣敗於肚腹裏的毒藥。兩個相似的結局，一個千載不變的道理：善惡到頭終有報，只爭來早與來遲。

小紅帽和林平之的經歷確有神似之處，金庸先生在構思林平之這角色時，他的靈感會不會來自小紅帽的故事？相信，答案只有金庸先生本人才曉得。

註釋

1. 金庸：《笑傲江湖（第一冊）》（香港：明河社，1980），頁 201。
2. 林玫伶：《童話可以這樣看》（台北：幼師文化，2005），頁 135。
3. 同 1，第四冊，頁 1475。
4. 同 3。
5. Bruno Bettelheim, *The Uses of Enchantment*（New York: Vintage Books, 1989）, p.172.

攔途截劫

出門的人，最怕遇上賊匪攔途截劫。

我認識一位當中港貨車司機的親戚，他説國內的「路霸」截車伎倆層出不窮，令人防不勝防。所以司機們不管在路上碰見什麼，一律不會停車，尤其在晚上。

「一停車，那些路霸從四方八面湧過來，搶錢奪貨倒也其次，若被他們打傷、奪命，那就無辜囉！」我的親戚歎道。

國內的「車匪」、「路霸」猖獗，早已不是新聞。劉德華主演的電影《天下無賊》，便以此為題材。在電影裏，長途火車之上，扒手、劫匪以集團方式行事，偷的偷、搶的搶，簡直無法無天。

攔途截劫不限於中國，全球各地都有；被劫的不限於個別旅客、車輛，大如輪船、飛機亦遭人騎劫，大有大幹，小有小幹，賊匪一於大小通吃。

攔途截劫的題材也不限於電影、小說，挪威童話 *The Three Billy Goats Gruff*（中譯本：《三隻小羊嘎啦嘎啦》）便是一個典型的攔途截劫故事。

在故事裏，三隻小羊要往河的對岸吃草，小羊首先嘎啦嘎啦的走上小橋。橋下妖怪爬上來，要吃小羊。小羊說：「請不要吃我，再過不久，我的哥哥就會過橋，牠長得比我還要大。」妖怪於是讓小羊過橋。及後，中羊來了，情節和對話跟先前差不多，妖怪為了可以吃更大的，也放中羊過橋。到最後，大羊嘎啦嘎啦的走上小橋。妖怪攔住去路，要吃大羊，反被大羊用一雙尖角撞至粉身碎骨，丟進河裏。

幼稚園老師喜歡以這個故事作教材，引導兒童掌握遞進（transfer）的概念，例如小、中、大。另外，老師若使用英文版本，藉着重複對話，例如 Who's that trip-trapping over my bridge、I'll eat you up、Don't eat me up，訓練兒童運用代名詞（pronouns）和縮語（contractions）的能力。[1]

這些都是 *The Three Billy Goats Gruff* 的教育價值所在。

這書坊間的版本甚多，大、中、小三羊的插圖造型亦大異其趣；至於那隻妖怪，則一面倒地傾向醜陋、恐怖。妖怪攔途，不為劫財，而為取命，造型愈猙獰，愈具感染力，編輯和插畫師有此構思，確是人之常情。

這隻又醜又惡的妖怪，一向甚少人談論，大概牠的作用如其他童話故事裏的狼、狐狸等歹角，跑出來嚇嚇小朋友，便被主角消滅，沒什麼值得學習和探討之處。不過，牠令我想起《水滸傳》的「母夜叉」孫二娘。

「夜叉」本是梵語Yaksa，它是佛經中一種形象醜陋的惡鬼，性情兇暴，捉人而食。我曾在一些敦煌壁畫的集子裏看過「夜叉」的圖畫，它們的禿頭上長了幾個如角一般的肉瘤，青臉獠牙，樣子煞是可怖。

孫二娘綽號「母夜叉」，她的長相自然不會好看。在善本《水滸傳》裏，我們可以讀到一小段孫二娘的白描：

> 眉橫殺氣，眼露兇光，轆軸般蠢坌腰肢，棒槌似桑皮手腳。厚鋪着一層膩粉，遮掩頑皮；濃搽就兩暈胭脂，直侵亂髮。紅裙內斑斕裹肚，黃髮邊皎潔金釵。釧鐲牢籠魔女臂，紅衫照映夜叉精。[2]

光是這個嚇人的造型，我會懷疑孫二娘是 *The Three Billy Goats Gruff* 內橋下妖怪的遠房親戚。除了樣子醜陋外，他們所幹的勾當如出一轍，都是藏匿於交通要道，將過路的殺害。

孫二娘與丈夫「菜園子」張青，在十字坡經營黑店，把蒙汗

藥摻進酒裏，迷暈客人，然後宰殺剝皮，胖的作黃牛肉賣，瘦的作水牛肉賣，零碎小肉則剁為包餡，蒸製人肉饅頭。

我們試想一下，當時沒碎肉機，孫二娘如何站在「壁上繃着幾張人皮，樑上吊着五七條人腿」的廚房裏製作碎肉？

按下廚的常理，她會把人肉逐小切割，接着手執雙刀或雙棒，不住地砍打肉塊，直至糜爛，想想也教人心寒。她日日為之，死者不分男女老幼，全是素不相識的無辜旅客。其冷血、惡毒、殘忍的程度，比起多年前黃秋生主演的電影《人肉叉燒包》更加「三級」。難怪水滸研究權威馬幼垣教授直斥孫二娘是「最兇殘的禽獸」。[3]

另一方面，孫二娘下殺手時，並非怒髮衝冠或者怒睜圓目，而是笑着幹，令施耐庵筆下這個小説人物在兇殘之餘，多添一分陰險。《水滸傳》第二十六回，武松光顧十字坡的黑店，金聖嘆評點此回時，特別指出作者「寫孫二娘便加出無數笑字」。[4] 孫二娘初見武松時「笑容可掬」，之後，兩人的二十二句對話之中，她的表現是「嘻嘻笑」、「笑着」、「心裏暗笑」、「笑道」、「大笑道」等，共八次之多，而且兩番向武松推介她的撚手點心「好大饅頭」。武松大鬧鴛鴦樓，一口氣連殺十五人，是在盛怒之下。橋下妖怪也是被小羊嘎啦嘎啦的過橋聲惹怒，才觸動殺機。孫二娘則於談笑之間殺人宰人，兩相比較，哪個更殘忍？

或許，你會質疑，孫二娘只殺不吃，橋下妖怪又殺又吃，還是「梁山好漢」較有人性。

「梁山好漢」沒吃人的嗎？

怎麼沒有！另一梁山好漢「黑旋風」李逵吃人猶似家常便飯。第四十一回，李逵把黃文炳綁起，用尖刀「先從腿上割起，揀好的就當面炭火上炙來下酒。割一塊，炙一塊，無片時，割了黃文炳，李逵方才把刀割開胸膛，取出心肝，把來與眾頭領做醒酒湯。」他不僅自己吃，還煮湯給眾人吃。這分明是虐殺，手段比恐怖分子割人頭更要暴戾！

究竟黃文炳犯了什麼滔天大罪，要成為李逵的「活人刺身」、「活人燒烤」？

原來早在第三十九回，宋江乘着酒興，於潯陽樓的牆上寫了兩首反詩：[5]

自幼曾攻經史，
長成亦有權謀。
恰如猛虎臥荒丘，
潛伏爪牙忍受。
不幸刺文雙頰，
那堪配在江州。
他日若得報冤仇，
血染潯陽江口。

心在山東身在吳，
飄蓬江海漫嗟吁；
他時若遂凌雲志，
敢笑黃巢不丈夫。

後來，任職通判的黃文炳看見這兩首詩，向知府大人告發宋江，致使宋江幾乎命喪法場。作為宋江的忠心追隨者，李逵有機會抓住黃文炳，當然要好好整治仇人，替宋江出一口氣。

然而，黃文炳該死嗎？即使該死，是否該受活剮？

黃文炳是官府中人，他揭發「陰謀叛國分子」，有何不妥？而且，宋江的確勾結反賊，按照法律，是罪有應得的。

在小說裏，黃文炳被形容為一個阿諛諂佞之徒，他「心地匾窄，只要嫉賢妒能，勝如己者害之，不如己者弄之，專在鄉裏害人。」[6] 黃文炳這些缺點，是他該殺的伏筆，加上曾經告發宋江，一旦落入自詡替天行道的「梁山好漢」手中，不得好死是意料之事。不過，他真正致死的原因，乃是他並非戰鬥力極強的武將。試看，那些曾攻剿梁山泊的武將如秦明、董平、呼延灼、關勝等，不知殺傷多少梁山人馬，他們被擒之後，宋江不僅既往不咎，還當眾表演他那套肉麻的「籠絡四部曲」：斥退部下、納頭便拜、親解繩索、讓出首領之位，誘使這些武功高強的俘虜入夥，成為梁山一員。論到私德，這些人當中，有比黃文炳更差劣的，例如秦明麻木不仁、董平卑鄙無恥。宋江只問武功，不問人品，黃文炳所犯的錯，在於不懂棄文習武，或者文武兼備，藉此贏得宋江青睞，不但免除殺身之禍，更可跟「梁山好漢」一起大杯酒、大塊肉。

可見，《水滸傳》傳達的不良信息非常明顯，正如馬幼垣教授所言，「好色、自私、卑鄙等劣行雖是低能者難以洗脱的缺點，要是這些劣行和武藝高強，肯投效梁山等情況合起來看，就顯得微不足道了」[7]，兼且小説內充斥着血淋淋的暴力場面，故此，出版社應該考慮在封面上加印一句「兒童不宜」。

註釋

1. Gayle Emery Merrefield, Three billy goats and Gardner, *Educational Leadership*, Sep 1997 Vol.55, Iss. 1; p.61.
2. 施耐庵：《水滸傳》（台北：三誠堂，2000），頁 462。
3. 馬幼垣：《水滸人物之最》（台北：聯經，2003），頁 111。
4. 金聖嘆：《天下才子必讀書（下卷）》（北京：中國物資，1998），頁 1262。
5. 同 2，頁 652。
6. 同 5。
7. 同 3，頁 174。

黃梅戀

比較新舊版本《射鵰英雄傳》，最矚目的修訂莫過於黃藥師與梅超風的戀情。

未讀新修版之前，聽見朋友談及這段嶄新的「黃梅戀」，我不由得打個冷顫，驚訝地嚷道：「怎麼可能？梅超風又老又醜又狠毒，黃藥師沒可能愛上她啊！」腦海隨即勾起舊版本梅超風出場時的形象：

> 那女子（梅超風）伸出一隻染滿鮮血腦漿的手掌，在月光下一面笑一面瞧，忽地回過頭來。韓小瑩見她臉色雖略黝黑，模樣卻頗為俏麗，大約是四十歲左右年紀。[1]

想到與這樣的一個醜女惡女談戀愛，正常男人多半會有一陣反胃之感。

在金庸筆下，黃藥師不僅是個正常男人，他更是個文武雙全、恃才傲物、倜儻飄逸、灑脱不羈的超凡男人。金庸「不合理地」安排他與梅超風發生一段忘年戀、師徒戀，我們一眾「書迷」實在難以接受。

為使「黃梅戀」變得較容易接受，在新版本，金庸把梅超風寫得較為年輕，同一段蒙古荒山殺人練功，在新修版的梅超風是「二十幾歲年紀」。[2]

梅超風的身世，在新修版較詳細交代。她十一歲被賣給富有人家，飽受主人虐待。十二歲那年，她遇見黃藥師。黃藥師路見不平，出手相救，把她帶返桃花島，收為徒弟。過了三年多，梅超風漸漸成長，愈來愈標緻可人，黃藥師與這個較自己年輕二十多年的徒弟日夕相處，漸生情愫。金庸把這段感情寫得非常含蓄，在小説裏，黃藥師以歐陽修的三闋詞自況：

> 階上簸錢階下走，恁時相見早留心，何況到如今。(望江南)
>
> 把酒花前欲問君，世間何計可留春？縱使青春留得住。虛語，無情花對有情人。任是好花須落去，自古，紅顏能得幾時新？(定風波)

今歲春來須愛惜，難得，須知花面不長紅。待得酒醒君不見，千片，不隨流水即隨風。（定風波）

他一遍又一遍的寫在紙上，藉以抒愁解悶。黃藥師外號「東邪」，他的「邪」，並非邪惡，而是「非聖非賢，叛君背祖，是不遵聖賢之教，不奉君父之尊，於禮義廉恥這四字上，沒半分虧了。」[3] 所以，對於梅超風，黃藥師礙於師徒名分，感情似無若有，不敢表露。

師父的心意，大弟子曲靈風看出來，大概由於曲靈風也喜歡梅超風，凡跟梅超風有關的，他都分外敏感。曲靈風拿着黃藥師所抄的「恁時相見早留心，何況到如今」給梅超風看，問她：「懂了嗎？」梅超風紅着臉說：「不懂。」

似乎，金庸恐怕讀者也不懂，於是借曲靈風的口，詳加解說：

據書上說，歐陽修心裏喜歡他的外甥女，做了這首詞，吐露了心意。他見到十二三歲的外甥女，在廳堂上和女伴們玩擲錢遊戲，笑着嚷着追逐到階下天井裏。歐陽修見外甥女美麗活潑、溫柔可愛，不禁動心。後來外甥女十四五歲了，更加好看了，歐陽修已是個五十來歲的老頭子，他只好「留心」，歎了口氣，做了這首詞。[4]

到底，梅超風真的不懂還是假裝不懂？金庸沒點明。不過，即使當時不懂，她與陳玄風盜走《九陰真經》，逃離桃花島後，她一直細味這些往事，還將這闋詞寫在《九陰真經》最後一頁，可見，她後來懂了。到她被歐陽鋒打得重傷，臨死時，拉着師父右手輕輕搖晃，説道：「若華（即梅超風）要永遠聽師父的話。師父，我要練回去做十二歲、十三歲時候的若華，師父，你教我，你教我……」[5]

梅超風這個「雙手拉住師父右手輕輕搖晃」的動作，是金庸在新修版裏重點添加的一筆，梅超風在桃花島時常如此撒嬌，逗黃藥師歡喜。黃藥師對其他弟子總是不假辭色，對梅超風就與別不同。

金庸為什麼在新修版增加這段「黃梅戀」？

或許跟倪匡有關。

在倪匡眼中，黃藥師稱不上一個「上上的人物」，他説：「本來，黃藥師可算是絕頂人物，但是他遷怒，銅屍鐵屍（陳玄風和梅超風）偷了《九陰真經》，與其他弟子何關？何況真的如此超絕，又何必如此重視《九陰真經》，難道無所不能的黃老邪，就非靠《九陰真經》不可？自己不會去創造比《九陰真經》更高的武功來？」[6]

在舊版本裏，黃藥師因陳玄風和梅超風盜走《九陰真經》，而遷怒於其他徒弟，挑斷他們的腳筋，逐出桃花島。讀起來，這位世外高人，不單止「邪」，還有狠毒、無情、無理、急躁等性格缺陷，有失一代宗師的風範。

《射鵰英雄傳》在 1957 年出版成書，四十多年來，評論甚多。對於別人的評論，金庸是留心在意的，他在修訂新版本時，對那些不正確的，例如華山論劍沒有劍、宋代才女唱元曲、世上沒白色駱駝等等，或在內文，或在附註，一一加以反駁。至於正確的，就從善如流，補正改寫，黃藥師打傷門徒是其中一個明顯的例子。

按小說內容而言，這段情節不容易更改，因為牽一髮而動全身；這處一改，日後曲靈風、陸乘風，以及《神鵰俠侶》裏馮默風的故事，也要一併大幅修改，更易的範圍變得太廣。故此，黃藥師打傷門徒，在金庸的武俠世界裏是鐵一般的事實，改不得，要改，惟有較簡單、較穩妥地，修改黃藥師打傷門徒的動機。

黃藥師打傷門徒不是為了《九陰真經》，而是為了梅超風。

在桃花島上過了好些日子，陳玄風與梅超風相好，曲靈風看不過眼，打了陳玄風一頓，他一邊打一邊罵：「我不是喝醋，是代師父出氣，今日打死你這個無情無義的畜生！」事後，黃藥師只責罰曲靈風一人，理由是：

靈風，你為什麼要背「何況到如今」這兩句詞？為

> 什麼要責問超風，說她欺騙我，說她答應了一輩子服侍我，卻又作不到？哼，你一直在偷聽我們說話！黃老邪跟人說話，有人偷聽，黃老邪會不知道嗎？嘿嘿，你也太小覷我了。我有什麼氣要出？要出氣，難道我自己不會？我可沒派你去打人！我如派你打人，是我吃醋了。[7]

明顯地，曲靈風受罰是由於他道出黃藥師心中祕密。

至於責罰方法，則由酷刑式的「挑斷腳筋」，改為「用一根木杖，震斷兩根腿骨」，再逐出師門。陳玄風和梅超風卻可留在桃花島。後來，陸、武、馮三位徒弟，為了曲靈風被逐、陳梅盜經，「出言不慎」，黃藥師於「狂怒」、「大怒」之下，震斷他們的腳骨。

挑斷徒弟的腳筋需要刑具與時間，過程變態、殘忍、暴戾，令黃藥師這個本來「上上的人物」，打了折扣，變成「上中」。

反而，武功高強的黃藥師，於盛怒之下震斷徒弟們的腿骨，可說是一時錯手；他日後冷靜下來，感到後悔，潛心創出「旋風掃葉腿」的內功祕訣，讓徒弟們修習下盤內功，得以回復步行。這樣的情節安排，前後呼應，合情合理。

到了《神鵰俠侶》，黃藥師跟要娶師父為妻的楊過特別投緣，正因欣賞楊過敢愛敢恨，比他更加離經叛道。他提議楊過拜他為師，與小龍女脱離師徒關係，名正言順娶她為妻。楊過卻說：「這法兒倒好。可是師徒不許結為夫妻，卻是誰定下的規矩？我偏要她既做我師父，又做我妻子。」黃藥師聞言，鼓掌笑道：「好啊！你這麼想，可又比我高出一籌。」[8]

由此可見，礙於師徒名分，未能向梅超風表白愛意，相信是黃藥師人生一大憾事。他衝不破，而楊過衝破了，故他視楊過為知己。

有別於楊過與小龍女愛得轟烈、至死不渝，金庸沒直寫黃梅戀，只藉着梅超風的回憶，作出點滴曲折的交代，表達手法微妙而隱晦。

年紀之差、尊卑之別，令黃藥師與梅超風止於戀慕，不敢相愛，讓這段苦戀罩上一層薄紗，金庸以朦朧筆法描畫，的確高明。

註釋

1. 金庸：《射鵰英雄傳》（香港：明河社，1976），頁 158。（圖右）
2. 金庸：《射鵰英雄傳（新修版）》（香港：明河社，2003），頁 162。（圖左）
3. 同 2，頁 415。
4. 同 2，頁 403。
5. 同 2，頁 1088。
6. 倪匡：《我看金庸小說》（台北：遠流，1997），頁 100。
7. 同 2，頁 409。
8. 金庸：《神鵰俠侶（新修版）》（香港：明河社，2003），頁 635。

人與事，事與人

誰可指示我看到作品更豐富的內涵和底蘊？資深圖書館員或資深編輯？恐怕也不及作者本人吧？

作家的趣聞軼事，以至故事經歷，是他作品的經和緯。細心尋索，不竭搜查，會發現安徒生也曾是醜小鴨、劉以鬯的小說世界下有集郵的倒影、魯益師也曾跨過門進入另一個世界。

在人中尋索其事，從事搜索到人。作品和作家可以交錯對讀，讀作家的生平，也讀了作品多幾個層次。

寫作者生平，不是單單寫生卒年月，學歷事業。原來他每一件小事、軼事、趣事，皆會成就他一生的文學事業，想不到吧？

安徒生的「童話」

親子閱讀的種種好處，諸如鼓勵兒童閱讀、加強成年人和兒童溝通等等，相信大家都知道。不過，在選書方面，卻有一定難度，因為合成年人口味的作品，兒童可能看不懂；相反，兒童愛看的書，成年人可能覺得幼稚乏味。現代社會生活節奏又忙又亂，難得有閒暇坐下看書，成年人總希望看一本讓自己心靈、情感，或求知得到滿足的書。

今年暑假，我主講一個關於親子閱讀的講座，在發問時間，一位家長請我推介一些「老少咸宜」的書，我說了幾本，其中一本頗令在座家長意外的，是安徒生童話。

一聽見童話（Fairy Tale），人們的第一個印象都是「給兒童看的故事」。這印象當然錯不了，但用於安徒生童話，就不一定適合。當代著名教育學家 Bruno Bettelheim 曾如此為安徒生童話定位：

> 大部分安徒生的故事，是寫給成年人看的。當然，兒童會享受這些故事。但即使兒童享受，這些故事不會對他們有幫助，反而誤導他們的想像。兒童不懂欣賞，只會感到不明白，人生中的成功機會並非物種的轉變，如醜小鴨變成天鵝，而是本質的優秀。在安徒生寫的故事裏，我們可找到許多命途坎坷的英雄，他們甚至變成動物、石頭，但最終他們還是人類。[1]

Bettelheim 的話，令我想起安徒生《醜小鴨》中的名句：「只要你是天鵝，就算生在養雞場裏也沒有什麼關係。」[2]

大多數讀《醜小鴨》的兒童，到了故事的尾聲，會被醜小鴨變成美麗天鵝的奇幻情節吸引，卻忽略整個故事裏這句最重要的話。如果他們讀的是潔本或圖畫本，情況就更糟糕，因為這些版本往往把這句刪掉。

安徒生這句話，對今天身處社會環境種種限制的香港人來說，實乃一句語重心長的鼓勵。正如 Zena Sutherland 所說：「安徒生主要的貢獻是令我們透過想像的窗子，更尖鋭地觀察日常生活。」[3] 我們平日翻開報章，常被那些「大學生失業自殺」、「碩士生見工二百次失敗領綜援」一類的標題嚇怕，以為香港淪陷、世界末日。其實，經濟有起有跌，際遇有順有逆，我們只要好好裝備自己，機會一來，就可以一展所長；相反，若料子不夠、底子不厚，就算機會擺在面前，你亦沒能耐把握住。安徒生本人便是一個活生生的例子。

安徒生（Hans Christian Andersen, 2.4.1805 - 4.8.1875）生於丹麥中部奧登塞（Odense）的貧民窟，自幼遭人白眼。父親是個窮困的鞋匠，外祖母在哥本哈根經營妓院，祖父則是鎮上的精神病人，種種背景都令安徒生成為嘲弄的對象。有一次，他聽見街童恥笑祖父，便躲在樓梯後面發抖，不敢見人。

安徒生十一歲時，長年臥病的父親逝世，遺下孤兒寡婦。母親靠洗衣維持家計，即使隆冬，她每天站在奧登塞河及膝的冰水裏工作六小時。生活的艱苦，令母親以酗酒來麻醉自己。在這樣的環境成長，安徒生根本沒什麼遠大的前途可言。但安徒生有他的夢想：成為演員、歌手、舞者或劇作家。為了實現夢想，他於1819 年拒絕了母親為他在裁縫店找來的學徒工作，提着簡單的行李，帶着些微積蓄，毅然到哥本哈根（Copenhagen）尋找機會。這個安徒生一直嚮往的地方，原是藝術家的集結地。

到了哥本哈根，幾經波折，安徒生終於得償所願，進入皇家歌劇院，但到他發育變聲以後，就被迫離開。不過，皇家歌劇院其中一位導演古林（Jonas Collin）賞識安徒生的才華，動用一筆皇家公費，安排他入讀斯勞厄爾瑟（Slagelse）的文法學校。

可是，學校上下都視安徒生來自沒教養的社會低層，同學們經常譏諷他「鄉下來的笨蛋」，情況就像醜小鴨在雞場裏一樣。六年的學校生活，安徒生在屈辱和孤獨中渡過。但他懂得裝備自己，每天跑到圖書館，大量閱讀歌德、席勒、海涅、司各特、拜倫、斯摩萊特等的作品，並開始寫作。那時候的安徒生，彷彿《野天鵝》裏的艾麗莎。艾麗莎忍受蕁麻的刺手、忍受別人的責罵，專心一致替十一位哥哥編織蕁麻披甲，她的目標只有一個，為哥哥解除魔咒，由野天鵝變回人類。當日的安徒生，也緊抱一個清晰的目標，他要成為傑出的作家，由遭人奚落變成備受推崇。

1827 年，古林帶安徒生離開斯勞厄爾瑟，且替他找到私人獎學金，入讀哥本哈根大學完成學業。

1829 年，安徒生的第一本作品《阿馬格島漫遊》問世，為死氣沉沉的丹麥文學界帶來一陣清風，此書一紙風行。同年，他的劇本《在尼古拉耶夫塔上的愛情》在皇家歌劇院演出。公演首天，安徒生悄悄坐在劇院的小角落，聽見觀眾不住地喝采，不禁流下兩行熱淚。

醜小鴨終於變成天鵝，安徒生吐氣揚眉。

成功得來不易，難怪安徒生在 1844 年應邀到北海的小島 Fohr 覲見丹麥國王後，自豪地說：「二十五年前，我一貧如洗、舉目無親，帶着一個小包包來到哥本哈根；但今天的我，已和女王及國王平起平坐，共飲巧克力。」[4]

如果，你仍認為安徒生童話的價值，是幫助父母哄兒童入睡，或者增加兒童的想像力，又或者增進兒童一點點語文知識；那麼，你太低估安徒生的創意了！

如果，你同意安徒生的成就，只限於「率先自創童話，而且又寫得那麼美、那麼好、那麼多，因此後人便尊稱他為『童話之父』。安徒生自創童話之後，效法他的很多，使得童話的發展由古代童話演進為現代童話。」[5]那麼，你或會氣得安徒生七竅生煙呢！

情況就像當年人們為安徒生建造雕像一般。那雕像的造型是安徒生坐着讀書，大羣小孩圍着他，有些爬到他的背上，有些坐在他的膝上。安徒生看後勃然大怒，罵道：「我從不會這樣讀書！正如我常常說，我不是為兒童而寫作，我是為每一個人寫作。當然，我的大部分作品，年輕人都喜歡，但不是坐在我的膝上。」[6]設計雕像的人聞言，馬上移走所有兒童。今天，這雕像仍豎立在哥本哈根的 Kongins，大家有機會觀賞這個名勝時，應好好想一想這位「童話之父」上述那番話。

安徒生三十歲前，創作詩歌、小說、劇本，三十歲後致力寫童話。由 1835 年至他逝世前兩年的 1873 年，共發表了一百六十四篇童話作品。

這些作品是否都屬一般人認為的「給兒童看的故事」？我實在有所保留。

安徒生的第一本童話集在 1835 年出版，六十一頁，內有四個故事：《打火匣》、《小克勞斯和大克勞斯》、《豌豆上的公主》和《小意達的花兒》，書名是 *Eventyr Fortalte for Born*，直譯為 Tales Told for Children（講給兒童聽的故事）。不過，我們若仔細查考 Eventyr 這個詞，會發現它的含意是「給任何年紀的短篇幻想故事或冒險故事」[7]，可見，此書的讀者對象不單是兒童。

當時，一些學者批評 *Eventyr Fortalte for Born*「沒趣味」、「對兒童產生不良影響」，就連朋友也認為安徒生「沒寫童話的天分」。他們抱持這種見解，大抵是從純粹童話的角度看此書，忽略了童話是安徒生採用的一種表達形式或作品體裁，其內容和深度遠超兒童所能領會。好像《打火匣》批判君權神授的封建制度、《小克勞斯和大克勞斯》反映人性的貪婪和殘忍，故事裏的深層意義，兒童不易讀出。

安徒生是個極為自我的作家，即使面對嚴苛的批評，他照寫可也，亦不作正面的回應。之後，他陸續發表了《拇指姑娘》、《頑童》、《國王的新衣》、《醜小鴨》、《堅定的錫兵》、《野天鵝》、《夜鶯》等膾炙人口的作品。同樣，風格不變。就以《國王的新衣》為例，故事裏的小朋友衝口而出：「可是國王什麼衣服也沒有穿呀！」[8]，固然揭露了國王的赤裸、愚蠢和困窘，令兒童讀者捧腹大笑；然而，安徒生以這故事再次批判君權神授，恐怕兒童還是不懂。D. Franco Felluga 更把這故事跟「辦公室政治」拉上關係：「在國王主宰一切的王宮裏，當然沒人願意承認他或她並不適合目前所坐的辦公室。」[9] 明知老闆一意孤行實施一個錯誤決定，同事個個都說好，你能站出來說不嗎？你不幹，爭着幹的人多的是；你不吃，一家老幼還要吃，還有子女的學費、房租、水電煤氣費等，背負家庭重擔的你有本錢去說真話，裝清高嗎？老闆碰了釘，他仍舊是老闆，因為公司是他的，他可以大搖大擺地說：「我輸得起；錢，我多的是。」國王出醜了，仍舊是國王，因為國家是他的，可以大搖大擺地繼續巡遊。你呢？一個小職員、一個小官吏，你輸得起嗎？箇中的掙扎和取捨，從未在「辦公室」打滾的兒童怎會明白呢！

葉君健將安徒生的童話創作劃分為三個時期：1835-1845，1845-1852，1852-1873。[10] 1845 年後，安徒生不僅把作品的 for Born（for children，為兒童）刪去，稱之為 *Nye Eventyrw*（New Fairy Tales，新的童話），題材和內容更明顯地為吸引成年人而寫。這時期的代表作是《賣火柴的女孩》。

《賣火柴的女孩》調子低沉，故事教人心酸，雖然安徒生以各種奇異的幻象，例如梅子、蘋果、烤鴨、聖誕樹、蠟燭、和藹的祖母等，沖淡死亡的恐怖。但讀者心裏都明白，這些只是小女孩在飢寒交迫下、垂死前的幻覺，儘管她的遺容是「雙頰通紅、嘴唇上帶者微笑」[11]，她是活活凍死的！

我們不能責怪住在附近的人不施援手，因為寒冬雪夜，各人都緊閉門窗圍爐取暖，誰會想到這種天時竟還有個小女孩瑟縮街頭。如果小女孩拍門，人們總不會硬着心腸見死不救。要罵，就罵那個無良的父親吧！在下雪天迫小女孩到街上賣火柴，小女孩徹夜不返，又不去尋她。這樣的父親，簡直豬狗不如！當然，故事裏的父親是個極罕有的「人辦」，現實生活裏不易找到；可是，小朋友因家長疏忽而受傷，甚至死亡的新聞，時有所聞，不管是故意或疏忽，悲劇一旦發生，同樣是沒法挽回。所以，《賣火柴的女孩》，為人父母應一再細讀，引以為戒。

另外，小女孩在冰天雪地靠劃火柴取暖，無疑是自殺，但我們也不能責怪，因為她年幼，思想單純，不懂求助。然而，有些年長的，思想成熟的人，遇到困難，同樣不懂求助。我有一位曾在「撒瑪利亞會」（現名「生命熱線」）當義工的朋友，她説自殺的人很多時只是一念之差，找人傾訴一下，想通了，便會打消自殺的念頭。故此，在困境裏，我們應主動求助，生存下去，幸福和機會尚在人間。

研究安徒生的學者都重視 1852 年。這年，安徒生把他寫的童話稱為 *Eventyrog Historier*，意思是「沒超自然成分的童話和故事」（fairy-tales and stories without a supernatural element）。[12]

安徒生說：「Historier 這名稱，我想，在我們的語言裏，是最適合我寫的奇異故事的最大意義。」[13] 就作品來看，安徒生在 1852 年後寫的故事，如《柳樹下的夢》、《她是一個廢物》、《單身漢的睡帽》、《沙丘上的故事》等，雖然寫法仍保留童話的特點，但他已把作品的內涵壓縮到單純的「故事」，直接描寫現實生活。另外，《小鬼和商人》、《蝴蝶》、《戀人》則是以童話形式寫的散文詩，而《園丁和主人》更是純粹的短篇小說。這些作品，卻普遍被歸類為「童話」。

如果可以選擇，安徒生會喜歡被稱為詩人，多於童話作家。事實上，他常以詩人自居，其作品亦洋溢着「不經意的詩意」[14]，例如《夜鶯》、《野天鵝》、《小美人魚》、《冰后》等，安徒生用優美的詩句或詩化的文字寫成；可是我們大都閱讀英文或中文譯本，翻譯難以傳神。

回應家長們，既然安徒生一再強調他寫的童話是兒童喜歡、成年人適合的作品，當我們選擇「親子閱讀」讀物時，安徒生童話自然是首選了。

註釋

1. Bruno Bettelheim, *The Use of Enchantment: The Meaning and Importance of Fairy Tales,* New York: Vintage Books, 1989, p.105.
2. 安徒生：《安徒生童話選》（香港：三聯，1999），頁 91。
3. Zena Sutherland, *Children and Books,* 8th ed., New York: Harper Collins, 1991, p.251.
4. Ulrich Sonnenbery；左欣玉譯：《童話的故鄉：哥本哈根》（台北：商智文化，2000），頁 8。
5. 林文寶等：《兒童文學》（台北：五南圖書，1996），頁 317。
6. Hans Christian Andersen, *The Fairy Tale of My Life,* New York: Cooper Square Press, 2000, p.4.
7. Peter Hunt, *Children's Literature and Illustrated History,* Oxford: Oxford University Press, 1995, p.96.
8. 同 2，頁 42。
9. D. Franco Felluga, The critic's new clothes, *Criticism,* Fall 1995 Vol. 37, Issue 4, p.583.
10. 葉君健：《遇見安徒生》（台北：遠流，1999），頁 79。
11. 同 2，頁 96。
12. Jorgen Dines Johansen, Counteracting the fall, *Scandinavian Studies,* Summer 2002, No. 74, Issue 2, p.146.
13. 同 6，p.407。
14. 同 6，p.5。

「酒徒」劉以鬯

電影《花樣年華》與劉以鬯的小說《對倒》的關係，導演王家衛曾這樣形容：

> tete-beche（對倒）不僅是郵學上的名詞或寫小說的手法，它也可以是電影的語言，是光線與色彩，聲音與畫面的交錯……甚至可以是時間的交錯，一本1972年發表的小說，一部2000年上映的電影，交錯成一個1960年的故事。[1]

劉以鬯原名劉同繹，字昌年，1918年生於上海，1941年上海聖約翰大學畢業後，出任重慶《國民公報》主筆兼編輯，自此與文學結下不解緣，一輩子的工作都離不開文學。

劉以鬯亦是一位集郵愛好者，開始集郵時，還未足十歲。那時，他居於上海的英租界，常跑到愛文義路兩間白俄人經營的郵票店，看櫥窗裏的郵票。由看而買，慢慢培養出集郵的興趣。總結數十年的集郵經驗，劉以鬯體會到：「我沒什麼值得驕傲的收藏，也沒有很廣博的專門知識，只是覺得，僅花少少錢，甚至不花錢，一樣能夠得到集郵的樂趣，而且動腦筋還可以有創意，玩出一點新名堂來！」[2] 他這個由集郵而來的創意新名堂，大概就是小說《對倒》了。

1972 年，劉以鬯從倫敦一間拍賣行投得一枚「慈善九分銀對倒舊票」，他收到郵票後，拿着放大鏡仔細察看那雙連票的圖案和品相，看着看着，不期然產生用「對倒」方式寫小說的念頭。當了近半個世紀報刊編輯，劉以鬯一直在做「擠」的工作，把嚴肅文學「擠」入消閒、通俗的報紙副刊當中，《對倒》便是其中一個例子，他說：

> 用一正一負的方式寫小說，會形成「雙線並行發展」的另一種「雙線格局」。這種寫法，雖然可以充分發揮對比作用，卻不易構成吸引讀者的興味線。香港報紙的負責人多數重視經濟效益，刊登的連載小說必須有離奇曲折或纏綿悱惻的情節去吸引讀者追讀，像《對倒》這沒有糾葛的小說，縱有新意，也不可能得到報館方面的讚許。因此，寫了一百多天，我將它結束了。[3]

出版社的取態跟報館可謂不謀而合，《對倒》在1972年香港的《星島晚報》發表，相隔二十年，單行本才在北京面世，但出版數量甚少。期間，香港的出版商有意印行劉以鬯寫的流行小說，劉以鬯反過來自薦《對倒》，對方的反應卻是「一聽連連搖頭」[4]。

煮字療飢，賣文為生，劉以鬯早已接受文學被商業價值扭曲這個事實，明白「用商品文字去爭取小市民層」[5]的出版方針乃大勢所趨，賣文者要是不能迎合多數讀者的趣味，就會失去「地盤」（專欄）。當年，劉以鬯的「地盤」甚多，六十年代後期，他共有十三個專欄，一千字一篇，每天要寫一萬三千字。由早寫到晚，成為一台不折不扣的「寫稿機器」。那時候，他家在北角，每天包一部「白牌車」，一間又一間的送稿往報館。如此「大量生產」，箇中的辛苦和鬱悒，不足為外人道，他慨歎：

> 做寫稿機器未必沒有好處，最低限度，生活可以維持的。不過，人終歸是人，與機器不同……像我這樣連寫二三十年，就不是有趣的事了。事實上即使機器，也有需要修理的時候，但在香港賣文，連病的權利也沒有。[6]

劉以鬯回想，自初中開始，立志將來做一個作家，幾十年過去，他說：「想起小時候的願望，只會歎息。為了生活，我已寫了六七千萬字的『垃圾』，每次別人稱我『作家』，我必臉紅」[7]。寫

「垃圾」小説謀生，劉以鬯稱之為「娛樂別人」。長期「娛樂別人」，他偶爾也會娛樂自己，在能力範圍內磨削敏感和警覺，用實驗性技巧寫一點不落俗套的小説，例如，有「人」沒「故事」的《對倒》、有「物」沒「人」的《吵架》、寫「物」如「人」的《動亂》等，都是他自娛的「科學實驗」。

當然，劉以鬯筆下最成功的「實驗品」，首推《酒徒》。

《酒徒》1962 年於《星島晚報》連載，翌年結集成單行本，公認為「中國第一部意識流小説」。小説沒曲折離奇的情節，也沒令人血脈賁張的高潮，只寫一位有志興辦嚴肅文學雜誌的作家，一步一步墮落至專寫黃色小説賺錢買醉的酒徒。全篇以第一人稱 ──「我」── 自嘲自虐自剖展開，「我」的意識終日徘徊於醉與醒之間，把時空跳躍、場景轉換、隱喻象徵等現代技法與詩化抒情、哲理議論、情節對話融為一體，映現商業社會對文學藝術的排斥和摧毀。袁良駿指《酒徒》的創作手法，高度結合現代主義與現實主義，其成就「不僅將香港的現代派藝術推向成熟，也將整個香港文學推向一個新的階段」，更稱《酒徒》是「香港文學的扛鼎之作，在整個中國小説的發展上，也具有了重要的里程碑的意義。」[8]

劉以鬯對香港文學的貢獻，不止於寫下《對倒》、《酒徒》這些傳世之作，尤其重要的是，他長期積極扶植新人、提携後輩；運用薄弱的編輯權力將嚴肅文學作品「擠」入報刊版面，千方百計為年輕作家爭取發表空間。今天，也斯在談及劉以鬯四十年前的「義舉」時，依然津津樂道：

> 1970 年春天我大學還未畢業，開始在劉以鬯先生主編的《快報》副刊寫專欄……我那時候並不認識劉先生，是一個機緣在那裏寫稿，亦透過這機緣體會到前輩作為編輯的包容（包括讓一個不認識的毛頭小子在那裏寫東西）和識見……報館本身要顧銷路……每次當報紙老闆説不能登太多新作家的時候，劉以鬯先生就將〈勞天庇中醫〉、〈包教曉信箱〉等通俗欄位移到版面上方，然後把我們這些實驗性小説散文移到版面下方，過一段時間，當報紙老闆沒再説什麼，又再把我們的文稿移上去。這可以看到當時文化場域中的抗衡策略，即是説：在遷就社會的商業化要求，與容許多元思維和文藝創新之間，如何把握分寸、求得平衡？劉以鬯先生當然是累積多年經驗的資深編輯，難得的是沒有利用他的才能求取利益、依附權勢，反而逆流而行，做一個惠澤後人的更深遠意義上的好編輯。[9]

也斯這段初出茅廬的往事，我們今天聽來，或會當作一則文壇軼聞；然而，昔日劉以鬯冒着「丟飯碗」的風險，忍受報館中人的冷嘲熱諷，仍然固執地刊登有文學價值、有藝術感染力的作品，不讓低級趣味的文字商品將嚴肅文學沖掉，實在毫不輕鬆。

劉以鬯 1948 年冬天從上海移居香港，1949 年 8 月 4 日出任《香港時報．淺水灣》的編輯，至 1991 年 4 月 4 日《星島晚報．大會堂》停刊，在香港編了三十六年報紙副刊（1952-1957 於新加坡工作），期間還主編《快報》的《快趣》和《快活林》（1963-1988）。

當年，經他一手「擠」入《快報》副刊的文學作品，包括易君左的《意園隨筆》、梁錫華的《獨立蒼茫》、也斯的《剪紙》和《書與街道》、西西的《候鳥》和《我城》等，今天都成了香港文學史上的名篇。

至於《淺水灣》和《大會堂》的作者羣，更加鼎盛，有十三妹、盧因、戴天、王無邪、施叔青、呂壽琨、馬朗、王敬義、舒巷城、鷗外鷗、余光中、力匡、吳煦斌、黃繼持、李元洛、彥火、潘亞暾、馮祿德、柯靈、溫儒敏、許定銘、盧瑋鑾、陳德錦、秀實、李華川、崑南、松木、李英豪、黃國彬、黃維樑、陳浩泉、胡燕青、曹捷、鍾偉民、東瑞、金耀基、王一桃、王良和、璧華、漢聞、洛楓、湯禎兆等，不分老、中、青匯聚一堂，縱然「叫好不叫座」，但對推動香港的文學發展，功不可沒，影響深遠。

談到劉以鬯與香港文學，不得不提 1985 年劉以鬯一手創辦的《香港文學》月刊。劉以鬯於發刊詞中，明確指出《香港文學》的定位，是立足香港，面向世界，推動香港文學及世界華文文學的發展。他説：

> 香港文學與各地華文文學屬於同一根源，都是中國文學組成部分，存在着不能擺脱也不會中斷的血緣關係。對於這種情形，最好將每一地區的華文文學喻作一個單環，環環相扣，就是一條拆不開的「文學鏈」。[10]

劉以鬯擔任《香港文學》總編輯有十五年之久，作風向來「認稿不認人」，一直致力拓展嚴肅文學的活動空間和生長園地，抗拒文學商業化。為香港作家，特別是為年輕人提高創作水準創造條件，因而發掘過不少當時具潛質的文壇新秀，惠及幾代的本土作家。同時，他以香港作為文化交流平台，凝聚世界華文文學，透過專輯或特輯，把新加坡、印尼、泰國、菲律賓、南美、澳門、加拿大、北加州等地的華文文學作品，作有系統的展現。

劉以鬯對文學的執著，對藝術美感的追求，經歷大半個世紀，即使遭到各種難處和挑戰，依然沒絲毫動搖，堪稱作家典範。2001 年他獲授香港政府榮譽勛章，2009 年獲香港公開大學頒授榮譽教授，這些實至名歸的榮譽和表揚，不啻是對他多年在文學著述及推動文學發展作出貢獻的一種肯定。

註釋

1. 王家衛：〈對倒寫真集前言〉，收錄在《對倒》（香港：獲益出版社，2000），頁335。
2. 張文中：〈劉以鬯：別一種集郵的樂趣〉，《星島日報》（1992年4月15日），版35。
3. 劉以鬯：《對倒》（北京：中國文聯出版公司，1993），頁2。
4. 同2。
5. 劉以鬯：〈從淺水灣到大會堂〉，《香港文學》（1991年7月），頁12。
6. 易明善：《劉以鬯傳》（香港：明報出版社，1997），頁64。
7. 梅子：《香港文學識小》（香港：香江出版有限公司，1996），頁23。
8. 袁良駿：《香港小說史》（深圳：海天出版社，1999），頁352。
9. 也斯：〈耕耘不輟，默默開創新境〉，《城市文藝》（2009年12月），頁7。
10. 劉以鬯：〈香港文學發刊詞〉，《香港文學》（1985年1月），頁1。

黃慶雲的四個第一

跟阿濃先生在電郵裏談起「雲姊姊」（黃慶雲），他推許雲姊姊為「香港兒童文學第一人」，他說：「雲姊姊是我最佩服的兒童文學作家，在香港兒童文學界有好幾個第一：創作年代之久無人能及，創作力之旺盛無人能及，文字之美無人能及。」

對於上述雲姊姊的「三個第一」，相信沒有人反對。不過，阿濃先生還是漏了一個：雲姊姊主編香港第一份兒童文學雜誌《新兒童》，開創先河。

黃慶雲 1920 年 5 月 10 日出生於廣州，六歲隨父母往香港定居，十一歲返回廣州升讀初中，十二歲跳級唸高中，十五歲考入中山大學中文系。1937 年日本全面侵華，1938 年秋天廣州淪陷，廣州嶺南大學南遷香港，借用香港大學上課。黃慶雲回到香港在嶺南大學借讀，翌年畢業，次年進入嶺南大學社會科學研究所，供讀碩士課程，研究兒童文學。1941 年春天，黃慶雲的論文指導老師曾昭森成立進步教育出版社，出版《新兒童》雜誌，邀請黃慶雲出任主編。

曾昭森屬意黃慶雲主編《新兒童》，除了她鑽研兒童文學，更重要的是，他看出黃慶雲對兒童的愛心和承擔，以及願意奉獻青春去「救救孩子」。

「救救孩子」出自魯迅的小説《狂人日記》。黃慶雲唸大學時，酷愛魯迅的小説、雜文，當她讀到《狂人日記》，「救救孩子」彷彿成為對她的「召喚」，她説：「我總覺得有一項重要嚴肅的工作擺在自己面前，就是要為下一代做些事情。」[1] 但做些什麼？在她的心頭醞釀多時，總沒確實的答案和目標。1938 年，黃慶雲重臨香港，發覺流浪兒童充斥街頭。有一次，她到兒童法庭旁聽，看到一個被控「無業流氓罪」的男孩的遭遇。在答辯時，那男孩瞪着原控警察，詢問法官：「官啊，那天我在街上擦皮鞋，擦呀擦的，就是他，突然把我抓來了，他説我是無業流浪，官啊，為什麼我是無業流浪呢？」[2] 八、九歲大的孩子被迫去擦皮鞋，還遭檢控，之後更被定罪；黃慶雲淚眼汪汪地聽審，「救救孩子」的呼籲再次搖撼她的心靈，她反復地問、肯定地答：「苦難的祖國要求她的兒女做出答案：你要為你的祖國媽媽做些什麼呢？我的選擇是為孩子們服務。」[3] 從此她釐清方向，抓緊目標。

那時候，黃慶雲常跑到收容街童的「小童羣益會」，為小朋友講故事。初時講別人的故事，到講無可講，便自編故事，她的第一篇童話《跟着我們的月亮》就在「小童羣益會」裏問世。從那時開始，她由研究兒童文學，轉為創作，掀開人生新的一頁，踏上兒童文學作家的道路。

故此，當曾昭森徵詢她擔任《新兒童》的主編，她立即答應。然而，二十出頭的黃慶雲，從沒編過任何書刊，一下子面對種種編輯實務，她頓感茫無頭緒。曾昭森又忙於教學和研究，把《新兒童》的編務和營運全交託她辦理，甚少過問。黃慶雲的性格擇善固執，一來受人之託，忠人之事；二來她認定出版《新兒童》服務孩子的重要使命，不管遇到多大的困難，她絕不輕易放棄。當時，中環摩羅街的攤檔有許多外國舊雜誌出售，其中不乏兒童雜誌，都是「收賣佬」輾轉從居於港島的外國人家庭收購得來。黃慶雲便跑到摩羅街，從地攤選購合適的外國兒童雜誌，邊讀邊學，依樣畫葫蘆籌辦她的《新兒童》。

雖是借鑑外國雜誌，黃慶雲並不盲從；雖是摸着石頭過河，她卻樂於開創新路。《新兒童》從第一天開始，已有四個清晰的宗旨：

1. 雜誌以半月刊出版，因為兒童沒耐性，要等一個月，對他們來說，未免太久。

2. 雜誌不屬於曾昭森或黃慶雲，它屬於兒童，每個兒童讀者享

有民主參與的機會。

3. 雜誌需具啟發性，追求創意，不存在「我講你聽」的灌輸式教育。

4. 不要孩子們靜靜坐着閱讀雜誌，還要他們動手去做，從實踐中學習。

為抓緊這四大宗旨，黃慶雲相應地設計了一些別具心思的欄目，包括童話、科學常識、遊戲活動、歷史趣談、名人傳記、詩歌、圖畫、笑話、故事、手工等等。[4] 有靜有動、有讀的有玩的、有啟發思考的、也有吸收知識的，另外，她尤其着重翻譯，目的是要拓闊兒童的眼界，多了解外國事物。

黃慶雲最初只是「義工」。她是研究生，課餘替教授工作，按月支取二十八元工資（本是四十元，大學財困，以七折支薪）。她每天抽兩小時替教授搜集資料、整理教材、批改學生習作，之後便全心全意編寫《新兒童》。她經常在香港大學的馮平山圖書館寫稿，那裏環境清靜，更有大量參考材料；尤其她撰寫科學小品，須要參閱各種科學資料，圖書館的科學館藏為她帶來很大方便。

籌劃了兩個多月後，《新兒童》第 1 期在 1941 年 6 月 1 日正式出版。出版初期欠缺作者，[5] 黃慶雲一人化作多人，用不同的筆名撰稿，例如是德（兒童科學）、特行（猜謎、遊戲）、宛兒

（詩畫）、余多艱、何無畏（翻譯）、昭華、孝敏、慕威（童話故事）等。一本四十八頁三十二開度的雜誌，一半以上的篇幅出自她的手筆。當時，只有一位同學義務幫忙發行工作，其餘的繪畫插圖、植字、排版、校對、選紙、印刷、裝訂等工夫，都由她兼顧和跟進，一身兼多職。就這樣，以極有限的資源，憑着無限的創意、熱情和拚勁，《新兒童》一期接一期的出版，且廣受歡迎，在社會、學校掀起熱潮。可惜出版至第 13 期，因日軍侵佔香港而停刊。

到了 1942 年 10 月 1 日，《新兒童》第 14 期在桂林復刊。其時，正值國家存亡之秋，《新兒童》肩負起一項特別的民族責任：振奮士氣，激勵民心，安慰因戰爭而家破人亡的兒童。

黃慶雲寫了一些「抗日劇本」和「抗日童話」。這些作品並非口號式、宣傳式的文字，也非鼓吹以暴易暴、血債血償。國難當前，抵禦外侮，固然同仇敵愾；但她注重作品的文藝性，以救國為主題，以反戰為中心思想，寫實卻不悲情，細膩而不造作。作品反映戰爭的慘酷，對同胞的傷痛寄以無限同情；安慰惶恐的兒童，鼓勵他們奮發自強，勇敢、積極面對苦難，嚮往自由、和平、追尋幸福。

桂林版《新兒童》堅持每月 1 日和 16 日出版。每當空襲警報響起，黃慶雲便携着稿件躲進防空洞。空襲過後，又走出防空洞繼續工作。就這樣，《新兒童》以薄弱的人力、物力，苦撐出版一年零九個月，除淪陷區外，發行全國，直至 1944 年湘桂大撤退，《新兒童》才再次停刊。

1945 年 8 月 15 日，日本抗降。10 月《新兒童》在廣州復刊，只出版第 56 和 57 兩期，因刊登介紹共產黨的文章，旋遭國民黨政府查禁，只得南下香港。

再度在香港出版的《新兒童》，編輯方針比以前更加貼近社會，縱然是「小貓小狗」的童話，內容亦關注民間疾苦，針砭時弊。1940 年代，中國處於內外交侵，抗日戰爭結束不久，內戰爆發，社會動盪，百業蕭條。兒童不獨面對失學，甚至經歷家破人亡的慘痛，成長路途充滿惶惑，前路一點都不好走。在這個時代出版，《新兒童》的貢獻分外明顯，它給予兒童讀者正確的人生觀、價值觀，鼓勵他們奮發自強，追求理想，不懼困境，就像《新兒童》的創刊、停刊、復刊、被禁，再復刊，永不輕言放棄。

除了黃慶雲和另一位編輯呂志澄外，經常撰稿的，還有鷗外鷗、賀宜、胡明樹、謝加因、姜天鐸等。這些作家為了逃避戰亂，聚居香港，因緣際會，為《新兒童》提供旺盛的創作動力。《新兒童》在香港文學史上，無疑是獨一無二的兒童文學雜誌，刊物流露着深厚的國家民族情懷，以及強烈追求民主、自由、和平的信念。這份特質，為五十年代以後出版的本地兒童文學雜誌所欠缺，後者僅是一些益智健康、鼓勵閱讀的兒童刊物。惟有曾在防空洞裏聽過洞外炮火隆隆的讀者和作者，才深刻體會民族的苦難，明白生命的可貴，珍惜彼此相交的情誼。《新兒童》的讀者與黃慶雲交往，完全突破文字框框，是真實和具體的患難至交，終生不渝。總括而言，《新兒童》在香港文學史具有前所未有的獨特地位。自其 1949 年停刊迄今，仍沒一本分量相當、性質類近的兒童文學雜誌可以媲美。

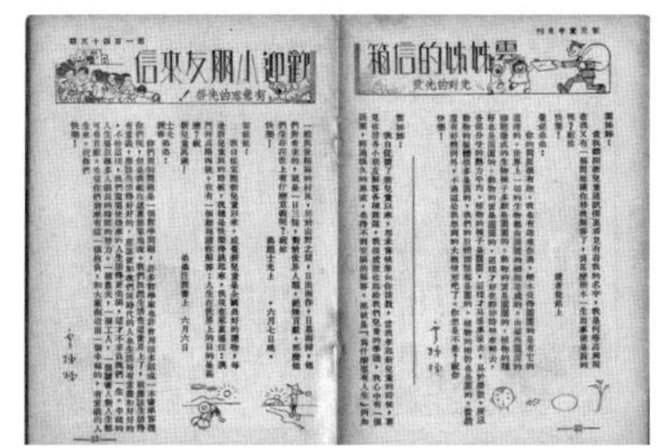
歡迎小朋友來信

雲姊姊的信箱

註釋

1. 閻純德：《二十世紀中國著名女作家傳下卷》（北京：中國文聯出版社，1995），頁 6。
2. 黃慶雲：〈回憶《新兒童》在香港〉，《開卷月刊》第 18 期（1980 年 6 月），頁 21。
3. 同 2。
4. 著名的「雲姊姊信箱」由第 3 期增設，按「先到的先登，有意思的先答」原則，刊登和回覆小讀者的來信。
5. 許地山當時任職香港大學中文系系主任，從第一期開始，每期為《新兒童》撰寫童話，至 1941 年 8 月 4 日病逝。

阿濃的第四類

2009 年 3 月 26 日，香港教育學院頒發首屆榮譽院士予四位對教育有傑出貢獻的社會賢達，朱溥生（筆名阿濃）便是其中一位。香港教育學院的讚辭，稱許阿濃「一生矢志於教育事業，三十九載悠悠歲月中，不斷地以文學、以身教陶鑄青少年學子……在日常教學中，他關愛學子，讓他們在『愛的教育』中成長。他更把箇中的生活體驗，創作成故事，題材既充滿愛，並能反映青少年的世界，作品廣受學子的歡迎。」[1] 阿濃對兒童文學的熱愛、對教育工作的貢獻，獲授榮譽院士，乃實至名歸。

朱溥生祖籍江蘇泰興，1934 年生於浙江湖州，1936 年隨同父親回家鄉。父親喜歡古典文學，對書法、詩詞、印章都有研究，家中藏書豐富。朱溥生幼承庭訓，自小博覽羣書，早為漫長的寫作道路奠定良好基礎。

朱溥生 1947 年隨父從上海遷港定居，接受中學教育。唸初中一時，他得到國文老師余松烈啟蒙，年紀輕輕已「建立積極的人生觀，立志將來投身教學和寫作」[2]。1948 年，余松烈過世，朱溥生寫了一篇短文《悼余松烈先生》悼念恩師。2009 年，藏書家許定銘於舊書中讀到朱溥生這篇初試啼聲之作，認為文章「寫來情切而沉痛，相當不錯」[3]。可見，十四歲的朱溥生早有作家潛質。

到了 1953 年，讀高中三年級的朱溥生，以筆名「朱燕」在《華僑日報·兒童周刊》發表第一篇兒童故事《阿蘇找朋友》。自此，與兒童文學創作結下不解緣。翌年，他入讀葛量洪教育學院，畢業後一直從事教育工作。1974 年，他以筆名「阿濃」在《華僑日報》撰寫教育小品專欄「點心集」，飲譽文壇，被譽為「當代香港兒童文學文壇屈指可數的優秀作家之一」[4]。何紫指出，《點心集》的體例、形式是阿濃作品的最大特色，他分析：

> 點心式的小品每篇都包含一項心理活動或一個生活現象，加上風趣的筆調，叫讀者引起共鳴的同時還獲得一絲溫馨的暖意，悟到一點人生哲理……為香港兒童文學開創一個新品種。[5]

1981 年，何紫、阿濃、周蜜蜜、嚴吳嬋霞等創立香港兒童文藝協會，集合文學、藝術、教育工作者，共同推動本地的兒童文藝工作。八十年代至九十年代初，是阿濃最懷念的歲月，他説：

> 這個階段我與青少年有最廣泛、最貼心的接觸。我是香港兒童文藝協會的會長，舉辦的是以兒童為對象的活動；我寫故事、編劇本，讀者、觀眾對象是青少年；我到學校演講，聽眾是學生；我在特殊學校任教，面對的是一羣極需要關心和愛的孩子。我與他們維持着或深或淺的友誼，給我最大的鼓舞和安慰。[6]

至 1993 年，阿濃退休，與妻子移居加拿大。不過，他並沒有告別香港和香港讀者，我們每天仍在報章上讀他的文章，不時在公開場合聽他演講。

四十多年來，阿濃著作等身，獲獎多不勝數，包括「香港中文文學雙年獎」、「冰心兒童文學獎」、「陳伯吹園丁獎」、「八十年代十本最佳兒童故事」、「紐約電影電視節銀獎」、「芝加哥電影電視節銀獎」、「中學生好書龍虎榜十本好書」等。最為人津津樂道的，莫過於五度獲選「中學生最喜愛作家」。究竟一個六、七十歲的老人家憑什麼成為年輕人的偶像？我們可從以下兩位小讀者的「心聲」中找到答案：

> 誰是熱愛閱讀的青少年偶像？是阿濃?! 不錯，他確是我們心中不老的偶像，雖然他已經六十七歲了，

但他的心境仍停留在青春的階段，依舊生氣勃勃，從容超脫。[7]

他（阿濃）的作品時刻都能緊貼小讀者的心靈，追上時代的脈搏，永不過時……他觀察入微，知道青少年在成長的道路上遇到什麼煩惱與難題，透過作品道出他們的心事，為他們解答疑團。[8]

原來，答案就是一個「心」字。心境永遠年輕的阿濃，用心寫作，以愛心關懷青少年，藉着溫馨動人的故事，與青少年互通心事，滋潤他們的心靈。

若從作者的角度來看，要寫出優秀的兒童故事，「童心」乃先決的條件。可是，成年人如何維持一顆童心？阿濃的祕訣是：

我們要拋棄許多東西，不要那麼多功利，不要那麼多規矩，不要那麼多道德，不要那麼多主義，不要那麼多顧慮……當所有這一切枷鎖和包袱都解除時，那顆童心便活潑的跳躍起來了。我慶幸選擇了寫作為終生事業，因為我可以寫到很老很老……由於能保持一顆童心，對人便有最大的寬容，對世界便有最大的欣賞。[9]

俗語說「活到老，學到老」，在阿濃身上，我們還可加一句

「寫到老」。生活、學習、寫作，環環相扣，令這位前輩作家童心不減，靈感不息，筆耕不輟。以摘花喻寫作，阿濃誠心樂意充當「文學花園」裏的園丁，每天採摘最美麗的玫瑰，拿「最新鮮的意念送給讀者」[10]。當與年輕人分享成功之道時，阿濃娓娓道出他的體驗——「三不停」：閱讀不停、寫作不停、生活不停。他說：

> 首先是閱讀不停，要如飢似渴的閱讀古今中外的作品……不論功課多忙，事務多煩，總要抽出時間來看書。其次是寫作不停，不論有沒有機會發表，有所見、有所聞、有所感、有所得，且把它們寫下來……最後是生活不停，一個人只要不死，生活總不會停止。我的意思是不讓生活的腳步停頓，要繼續向前，尋找新方向，接觸新人，參與新工作。這些將是寫作永不枯竭的泉源。[11]

在作家王一桃眼中，阿濃這位老朋友不僅是「好好先生」，而且對學習永不言倦。事隔三十多年，王一桃依然清楚記得，阿濃「祥和而無戾氣，熱情而不矯飾……自 1954 年從葛量洪教育學院畢業後，一直教書和寫作。但他並不安於現狀，而是好學不倦。其間曾在夜校補習英文，進修無線電和電視修理課程，在美專學設計和繪畫，在港大、中大校外課程選修木刻、金屬版畫、插圖、水墨、石膏和剪紙等美術課程，在官辦夜校考取一張文憑，接受兩年圖書館工作訓練，又接受為期兩年的在職訓練……

而所有這些，都成為其教學工作和寫作生涯的源頭活水。」[12]

近年流行的「終生學習」、「自我增值」，原來並不新潮，阿濃在四、五十年前已經通過個人實踐，證明是一條可行的成功之路。

2002 年前，阿濃的作品大致可分三類：散文、小說、兒童故事。他的散文取材於生活，用字淺白、輕鬆、富幽默感，內容溫馨、積極、樂觀，無論老師、家長、學生都愛讀。

至於兒童故事，乃阿濃寫作的主力。談到小說與故事的分別，阿濃認為「小說的文學性較強，而我們所講的故事包括神話故事、歷史故事、寓言故事、生活故事等，主要是將『事件』說清楚，『事』佔了很重要的位置，對環境的描繪只是點到即止。」[13] 所以，阿濃寫的故事，大都短小精悍、高度集中，以最經濟的文字、最簡潔的筆墨，說出有趣、雋永的小故事；而小故事蘊涵大道理，大小讀者掩卷之餘，無不再三細味。

2002 年後，在阿濃的創作書目上，我們可增添一項「新詩」。這亦是個有趣的故事。話說當年，一位溫哥華的詩人跟阿濃開玩笑，說阿濃不懂寫詩。阿濃不服氣，回家「閉關」半年，寫成詩集《是我心上的溫柔》（突破）。2002 年在香港出版，迅速登上暢銷榜，並於 2004 年獲得第十四屆「冰心兒童文學獎」。

阿濃的詩句，故事性很強，他以詩化的語言說故事。例如

〈電車上〉，時間是某日黃昏，場景是電車廂裏。整首詩就像一篇微型小說，留白的地方恰到好處。阿濃於兩人不期而遇的一刻落墨，其餘的，留給讀者想像。阿濃雖沒交代兩人是男是女、過去有什麼轇轕；但從字裏行間，讀得出「我」是女子，「他」是男子，阿濃用含蓄的筆觸，寥寥數筆，細膩描畫女兒家心事。「我」或許暗戀「他」，或許是愛過卻無疾而終，難得有機會與「他」並排而坐，找不到話說不要緊，靜靜享受「明月伴我行」已是一種快樂（「他」就是「我」心中的明月）；「我」畢竟是個理智的人，無望也就得放下，最後「我」推說在總站下車，獨自乘車至終點，再乘「回頭車」返家。詩末以「再回頭 / 把月兒留在後面」收結，餘韻無窮，直有唐詩意境。阿濃自言，最欣賞唐代大詩人白居易的作品「平易近人卻又詩意濃郁」[14]，他這幾句詩，不難教人想起白居易的「碧空溶溶月華靜，月裏愁人弔孤影」。

另外，〈記得三：小黑狗〉則是一個長篇小說的濃縮本。阿濃採用五言樂府的句式和節奏，由小狗長成大狗，由健康活潑至老病交纏，道盡黑狗的一生，以及與小主人之間的深厚情誼。前半段輕鬆、佻皮；後半段哀傷、沉重，筆下形象，栩栩如生，成功牽動讀者的心靈，無不為黑狗的逝世寄予無限惋惜。

作品就是最有力的明證。相信，沒人再敢說阿濃不懂寫詩了。

〈電車上〉

相遇在黃昏的電車上
他説真巧　在我身旁坐下
疑幻疑真　我是在夢中嗎
燈火明滅　車廂輕輕搖晃
涼風拂面　明月伴我行
找不到話説　也不必找
就這樣並排坐着便好
他問我何處下車
我輕聲説是總站
他終於一聲再見下車去了
我真的獨自坐到終點 再回頭
把月兒留在後面

《是我心上的温柔》

〈記得三：小黑狗〉

記得小黑狗
名字叫小獃（Dai）
每天放學後
都帶牠去街
我才上樓梯
牠已門後待
興奮跳又叫
繞腳轉得快
空地上賽跑
草叢裏大解
頑皮嚇麻雀
追女耍無賴
要牠回家轉
掉頭不理睬
我自向前走
牠才跟上來

歲月總無情
小獃變大獃
身軀漸臃腫
眼睛無光彩
一月病三回
胃口十分壞
不知哪裏痛
嗚嗚哭聲哀
伸舌舔我手
依依真不捨
終於離我去
全家皆傷懷
照片牆上掛
人狗情永在

註釋

1. 香港教育學院：〈榮譽院士朱溥生先生讚辭〉，網址：http://www.ied.edu.hk/news/pdf/2009/20090326a_citation_c.pdf，下載日期：2009 年 10 月 6 日。
2. 阮海棠：《美麗的香港人》（香港：山邊社，1990），頁 36。
3. 許定銘：〈讀阿濃少作〉，《大公報》（2008 年 12 月 10 日），版 C04。
4. 劉登翰：《香港文學史》（香港：香港作家出版社，1997），頁 546。
5. 何紫：〈香港近十年兒童文學的潮流〉，收錄在《兒童文學研討會報告》（香港：香港兒童文藝協會，1990），頁 35。
6. 青果編輯部：〈香港青少年最熟悉的作家之 —— 阿濃〉，《青果》（1999 年 12 月），頁 6。
7. 張煦風：〈我喜愛的作家 —— 阿濃〉，《青果》（2002 年 3 月），頁 39。
8. 張雅苗：〈我喜愛的作家 —— 阿濃〉，《青果》（2002 年 5 月），頁 37。
9. 阿濃：〈寫作像採摘玫瑰〉，《青果》（2001 年 4 月），頁 5。
10. 同 5。
11. 同 6，頁 8。
12. 王一桃：《香港作家掠影》（香港：現代教育研究社，1990），頁 89。
13. 何杏楓、張詠梅：〈華僑日報副刊研究計劃 —— 訪問阿濃〉，《香江文壇》（2004 年 9 月），頁 4。
14. 同 6，頁 7。

走進奇幻之門

撇開小說寫作的好壞不談，無可否認，《哈利波特》（*Harry Potter*）是當代具影響力的小說之一。羅琳（J. K. Rowling）的成功並非偶然，英國文壇沒悠久的兒童文學傳統，就沒有今日的《哈利波特》。圖書館學者 Saltman 認為羅琳是個集大成者，他用煮雜菜湯來形容羅琳的小說，分析生動而精到：

> 羅琳混和了一窩美味的雜菜湯。她是一個老派的敘事者，在充滿活力的傳統下寫作。《哈利波特》的敘事技巧，吸納和轉化了許多文學的和傳統的手法、經典，成為獨一的、引人入勝的作品。[1]

揭開西方的兒童文學史，我們可追溯到十六世紀。那時候斯威夫特（Jonathan Swift）的《格列弗遊記》（*Gulliver's*

Travels）和笛福（Robinson Defoe）的《魯賓遜漂流記》（*Robinson Crusoe*），至今仍深受小朋友歡迎。十八世紀，皮柔特（Charles Perrault）的一系列童話，如《長靴貓》（*Puss in Boots*）、《藍鬍子》（*Blue Beard*）等，都是膾炙人口之作。到了十九世紀，格林兄弟（Brothers Grimm）和安徒生（Hans Christian Andersen）把新元素注入傳統民間故事，令老掉牙的童話起死回生，為兒童文學另闢蹊徑。

格林兄弟和安徒生的貢獻雖大，不過，兒童文學家彭懿指出，真正的兒童文學出現地點，並不在格林兄弟的德國，也不在安徒生的丹麥；而在中古時期已孕育出亞瑟王（King Arthur）、羅賓漢（Robin Hood）一類傳奇故事的英國。

彭懿所指的「真正的兒童文學」是幻想文學（Fantasy，亦有譯作奇幻文學）。幻想文學與童話是兩個不同的概念，前者的形態是小說，後者則是故事。彭懿解釋：

> 與民間故事一樣，童話也是一次元性的，而幻想文學是多元的。它的結構不再是僵硬一成不變，人物性格也更加豐富，故事的敘事形態也起了很大的變化；童話是將人們心中共通存在的非現實部分，原封不動地昭示於外部，以此為背景進行敘述，而幻想文學則是採取向作者一個人的內部世界進入的敘述方式。[2]

自古以來，文學創作從不乏幻想成分，如荷馬（Homer）《史詩》（*Odyssey*）、但丁（Dante Alighieri）《神曲》（*La Divina Commedia*）。不過，江沛文在其論文中指出：「這是一個跨時空的普遍現象，但隨着時代背景的不同，其寫作和解讀也有着相當大的轉變。」近代意義的幻想文學「在英國有較為清晰可循的脈絡」[3]。

學者一般認為，幻想文學開先河之作，是卡洛爾（Carroll）的《愛麗絲漫遊奇境》（*Alice's Adventures in Wonderland*）。1863 年，卡洛爾在牛津大學校園，看見松鼠和野兔在沾滿露水的小徑跑來跑去，觸發靈感，寫成此書。在小説裏，卡洛爾建構了一個由非常識來支配的不可思議國度，令當時的讀者耳目一新。

及後，把幻想文學推至高峰的，是托爾金（J. R. R. Tolkien）在 1938 年發表的「第二世界」（Secondary World）理論，以及用十七年時間實踐出來的巨著《魔戒》（*The Lord of Rings*）。

什麼是「第二世界」？簡而言之，第一世界是我們身處的現實世界；《魔戒》裏的「中土」（Middle Earth）是作者用幻想去創造的架空世界，一個全然封閉的體系，擁有獨特的氣候、地形、住民、語言、歷史、食物、文化、習俗、秩序。

「第二世界」是幻想文學的基石，衍生其他重要的理論，如

high-epic fantasy 和 low-epic fantasy；也引出其他幻想文學作品，如魯益師（C. S. Lewis）的《納尼亞傳奇》（*The Chronicles of Narnia*）。

托爾金和魯益師是摯友，他們經常討論文學、信仰，以及彼此交換《魔戒》和《納尼亞傳奇》的手稿，互相指點。魯益師十分喜愛《魔戒》，但托爾金對《納尼亞傳奇》頗有微詞，原因在於「托爾金是一位力求語文純正的人，而魯益師卻喜歡將許多奇想的元素混合在一起，這是托爾金絕對不會做的事。舉例來說，魯益師將聖誕老人帶入納尼亞這個另類世界，而托爾金則認為聖誕老人根本沒有必要在納尼亞出現。」[4]

除了聖誕老人，托爾金還不喜歡納尼亞的「對外開放」。魯益師在小說裏留下一扇門，讓小朋友進出現實和幻想世界。這種「過門」（threshold）設計，乃幻想文學作品的常見手法，例如《愛麗絲漫遊奇境》的兔子洞、《湯姆的午夜花園》的後門、《說不完的故事》的舊書、《獅子女巫魔衣櫥》的衣櫥、《卡斯柏王子》（亦即開司平王子）的火車月台《哈利波特》的火車月台。不過，小朋友是需要回家的；同樣，閱讀只是一時的心靈度假，人始終活於現實世界。魯益師留下那扇「門」，讓小朋友冒險過後安然回家，實在用心良苦。

「過門」的作用，除了進出，還有分隔的意味，那扇「門」是分隔幻想和現實世界的界線。「過門」前後，是兩個截然不同的世界，各有可作和不可作的事情。在幻想世界裏，小朋友無妨放肆一下，正如露絲所說：

> 在家裏我知道我不懂游泳 —— 我是說在英國。但是很久以前 —— 假定那是很久以前 —— 我們在納尼亞做王的時候，豈不是都會游泳嗎？那時候我們還會騎馬，會做各種各樣的事情……[5]

幻想世界的經驗，並不適用於現實生活，不懂游泳的露絲，從納尼亞回到英國，超能力消失，就不能隨便跳進海裏，也不能舞刀弄劍，更不能跟獅子擁抱。同樣，讀者亦應懂得抽離和分辨，小說情節不能跟現實世界混為一談，當我們從小說世界度假回來，就要面對現實，過正常生活。《哈利波特》的問題在於「門禁不嚴」，羅琳把超能力與魔法貫穿幻想和現實世界。

另一方面，魯益師特別重視「門」，大概「門」在他的生命裏別具意義。

魯益師被譽為二十紀最傑出的基督教護教學者。他在 1929 年認識基督教信仰，1931 年信主。在 1929 年夏天，他乘坐公車時，一個纏擾已久的問題再次湧上心頭，他覺得自己一直以來在抗拒一點什麼似的，不容許這一點什麼進入他的生命。當時他這樣形容自己：「正面對一扇門，要關上、要打開，或是穿過這扇門，全在乎自己決定。」[6] 終於，他投降了，當晚他很不情願地跪下禱告，承認神的存在。1931 年秋天，魯益師、托爾金和另一位朋友戴爾生（Dyson）晚飯後散步，他們談到福音真理與基督之死。托爾金對魯益師說：「基督的死，能轉化所有相信祂的人。你想知道祂跟你的生命有何關聯，必須進到裏面去找。」[7] 那次交談，對魯益師影響至深，九天後他決志信主。

在魯益師 1929 至 1931 年的信主歷程裏，「門」的意象或許在他腦海裏出現過千百遍，「進門」成為他人生的抉擇，「進到裏面去找」成為他人生的轉捩點。這段歷程，跟他筆下的小朋友穿過魔衣櫥進入納尼亞是否相似？

《納尼亞傳奇》最大特色，在於「字裏行間滲透出來對基督教的虔誠。」[8] 七冊小說裏，由始至終瀰漫着基督教內涵，如天地創造、原罪、救贖、犧牲的愛、復活、審判等。其中，獅子王「阿司能」的形象經作者精心塑造，一言一行，莫不帶着耶穌基督的影子。

近年，荷李活電影商把幻想文學作品一一搬上銀幕，配以化妝技術、電腦特技和拍攝技巧，把文字炮製成一幕幕瑰麗、生動的畫面，呈現於現實世界的戲院裏。電影《魔戒三部曲》、《獅子·女王·魔衣櫥》、《卡斯柏王子》等都大受觀迎。

然而，電影縱然精彩，影像畢竟是別人的製成品，遠遠不及閱讀文字，在你我的腦海裏自導自演。寫小說是創作，讀小說可視為在作品的基礎上再創作。所以，欣賞電影之餘，記緊要閱讀原著啊！

註釋

1. Judith Saltman, Understanding Harry, *JOYS*, Spring 2002, p.28.
2. 彭懿：《世界幻想兒童文學導論》（台北：天衛文化，1998），頁 27。
3. 江沛文：《二次戰後奇幻文學的重現：以《魔戒》為例》（台北：國立政治大學，2004），頁 4。網址：http://www.lucifer.tw/paper/paper/paper09.pdf，下載日期：2006 年 4 月 10 日。
4. 約翰・鄧肯：《路益師的奇幻世界》（台北：雅歌，2003），頁 121。
5. 魯益師著；王文恕譯：《開司平王子》（香港：基督教文藝出版社，2006），頁 27。
6. 彬賀姆著；吳麗恆譯：《魯益師的奇幻王國與真實世界》（香港：基督教文藝出版社，2005），頁 64。
7. 同 6，頁 63。
8. 同 2，頁 128。

閱讀旅程，回憶之旅

三年前一次偶然機會，我遇上了《在書架上飛行》，還記得當年閱畢，有一種依依不捨的感覺。這次有機會率先試讀《文學想多了》，真的讓我欣喜若狂。

正如作者的序文所言，我再一次在書架上遊走，不受時間及空間限制，四處翺翔。科慶寫的書評引人入勝，所以我總捨不得一氣呵成，必須逐篇細讀，仔細回味。

科慶以獨到的分析，引領讀者從嶄新角度欣賞一些我們熟悉的作家及作品。不但讓我大開眼界，更激發起我的閱讀興致，希望一一拜讀書評中提及的作品。

閱讀的最大樂趣莫過於能將自己的生活與作品交融，我從本書找到了這種聯繫。

我是讀童話故事長大的。小學一、二年級，每天陪伴着我的是《安徒生童話》和《格林童話》。這些厚逾一吋的童話書，可說是我的閱讀啟蒙。我讀的是原著翻譯本，而非現今充斥市面的繪本和改編本。因為文字多，我也從小養成讀文字書的習慣。

因為這樣的童年回憶，所以當我從科慶所寫的〈安徒生的「童話」〉，知道原作者本是為成年人而寫時，就更激發起了我對童話集的熱愛之情。原著版本中有黑暗、血腥的一面，但現今出版的故事集都被美化了，要再次讀到原著的味道已經不容易。感謝科慶的文章，喚起我當年閱讀的樂趣和美好回憶。

書中還有多篇關於古今詩詞以及武俠小說的書評，這都讓我想起了中學時期的校園生活。離開中學後，我已經很少接觸詩詞，從書中再次讀到古詩和新詩的評論，令我想起當年學習古詩詞以及參加新詩朗誦活動的回憶。縱使對篇章中引述的詩句陌生，但那些評論和分析的方式是熟悉的，新舊交錯，讓我萌起再次閱讀詩詞的念頭。

科慶的書評系列，就如拋進湖中的小石子，雖然個子小，但威力無比，它激起一圈又一圈漣漪，引發讀者閱讀的興趣。現在的城市生活實在太擠擁、太迫人，要逃離這種環境和生活方式並不容易，只有藉着閱讀，我們才有機會讓幻想的翅膀振翅高飛。

期待科慶更多的書評，好讓一羣喜愛閱讀的讀者能夠以文療飢，繼續在書架上飛行。

曾賀玲（Holing）

個人網誌：http://linglingholing.mysinablog.com

閱讀與創作

在書架上飛行

梁科慶 著

書架，一個意想不到的廣闊天地；閱讀，是一次飛天遁地的奇妙歷程。喜歡看書的梁科慶，也喜歡為書找尋讀者。他邀請你坐上這班專機，飛進智慧的領域，漫遊創作的星空。

我爺爺的古怪老友——動心閱讀之旅

邱心 著

古今中外的文學作品，不乏反映現實，揭示人生，悲天憫人的佳作。本書透過兩爺孫一次奇異旅程，會見幾位文學名著的古怪人物，讓讀者細味人世苦難，並喚醒一顆「悲憫」之心。

榮獲05年基督教湯清文藝獎（文藝創作組）**推薦獎**

第一千零二夜 —— 說故事的故事

董啟章 著

故事實在是一種奧妙的溝通方式。此書透過國王和王后經歷一次故事之旅，以別開生面的情節，讓讀者置身奇境，代入角色，思考故事背後豐富的含義，並從另一種角度察看世情，或會看到平時忽略的東西。讀故事，也是一個成長的過程。

榮獲（十七屆）
中學生好書龍虎榜「十本好書」

四十一雙眼睛 —— 年輕人看世界

胡燕青及浸大同學 著

學會寫作，除了必須閱讀經典，也要讀同輩的文章。前者做模範，打開我們思想的眼界；後者作參考，激發我們創作的熱情。本書精選了四十一篇香港浸會大學學生的文學創作，分別放在「成長」、「親情」、「教育」和「人文關懷」四個「園子」內。每一篇都可以拿來做青少年文學創作的教材。

感謝您選了這本書，閱讀以後，
您有沒有一些啟發，一些感想？我們期望您的聲音。
請登上 www.btproduct.com/book，
在「讀者回應卡」頁面內填寫。謝謝。

閱讀之味系列最新書目

書名	版次	作者
在書架上飛行	2版1刷	梁科慶
美麗的中國人	初版2刷	阿濃
去中國人的幻想世界玩一趟	初版3刷	阿濃
是我心上的溫柔	初版1刷	阿濃／詩．有米／畫
新愛的教育	初版11刷	阿濃
阿濃與年輕人的真情對話	初版6刷	阿濃等
古典今趣 —— 中國人的幽默	初版6刷	阿濃
老井新泉 —— 中國人的智慧	初版14刷	阿濃
練習簿	初版6刷	董啟章

心靈關顧系列最新書目

心靈地圖

書名	版次	作者
從孤獨的屬地出走	初版1刷	添．加德納
我摵時很煩	初版1刷	游欣妮
快樂紅簿仔	初版2刷	阿濃
與賭博拔河	初版1刷	侯雪媚
小喬生活館 1　聽食物説話	初版1刷	司徒苑
與恩師的10堂課 —— 我的路	初版2刷	蔡元雲
歲月的育養 —— 給現代父母的啟示	初版1刷	黃麗彰等
噢，女兒戀愛了 —— 父女交換日記	初版1刷	孫寶玲．孫諾
改變，由我開始	初版2刷	蔡元雲
當荊棘闖進生命線	初版1刷	劉愛言